大富豪同心

昏き道行き

幡大介

双葉文庫

目次

昏《くら》き道行《みちゆ》き

大富豪同心

第一章　尾上《おがみ》の恋

一

江戸の日本橋《にほんばし》には日本でも有数の豪商たちが軒を並べている。両替商の大和屋《やまとや》もその町内にあった。

この年は大和屋が両替商肝入《きもい》りを務めていた。同業者によって〝座〟が構成される。肝入りは議長役のことだ。

両替商たちが二十人ばかり、広い座敷に入ってくる。揃って険しい面相だ。席に着くと挨拶もそこそこに、携《たずさ》えてきた大福帳を開き始めた。

「手前の店《たな》には、今月に入ってから七両の贋《にせ》小判が持ち込まれましたよ」

「うちの店には先月と合わせて二十四両です。このままでは店が潰れる！」

口々に愚痴《ぐち》や泣き言を漏らし始めた。

白髪頭で古株の両替商、泉州屋《せんしゅうや》が唇を尖《とが》らせた。

「わかっているだけでもこの被害だ。金蔵《かねぐら》の小判を一枚一枚改めたならば、もっと贋小判がみつかるだろう」

丸顔でよく肥えた両替商、若狭屋《わかさや》が、顎《あご》周りの肉を震わせながら首を横に振る。

「これほどまでに良くできた贋小判は見たことがない。店先に持ち込まれても、一目では贋物とわからない。お客は商売で急いでいる。早いところ丁銀《ちょうぎん》や銅銭に換えてくれとせっつかれたら、鑑定が済むまで待ってくれとは言えませんよ」

江戸の町は商業によって支えられている。魚河岸《うおがし》だけで一日に千両が動くといわれていた。換金に手間取っていたら魚が腐ってしまう。すると食中毒が発生する。両替商の素早い換金が江戸の食品の安全を支えているのだ。

肝入りの大和屋が青い顔で訴える。

「手前も今月に入ってから十四両の贋小判を町奉行所に差し出しました。贋金を世間に流すことはできませんからね」

頭を抱える。

「『贋小判を見つけ次第に届け出よ』という町奉行所のご下命《かめい》は納得できます。ですが……手前どもはまっとうな銀貨や銅貨を贋小判と両替しているわけですから。手前どもばかりが損を被《こうむ》るのでは困ります」

一方的に損をさせられたのでは店がもたない。両替商が軒並み倒産させられてしまいかねない事態に陥っていたのだ。

大和屋は三国屋徳右衛門《みくにやとくえもん》に顔を向けた。

「三国屋さんの商いは手前どもとは桁違いだ。被った損金だって、あたしらの十倍はおありでしょう？」

徳右衛門は否定しない。苦虫を噛《か》み潰《つぶ》したような顔で黙り込んでいる。

大和屋は続ける。

「三国屋さんは本多出雲守《ほんだいずものかみ》様とご昵懇《じっこん》でいらっしゃる」

昵懇とは、ものも言いよう。癒着した政商だ。

「出雲守様に頼み込んで、なんとかしていただくわけには参りませぬか」

徳右衛門はジロリと大和屋を見た。

「なんとか、と言うと？」

「贋小判を届け出る代わりに、ご褒美とか保証金とか、頂戴《ちょうだい》できぬものでしょうかね」

徳右衛門は「ううむ」と考え込んでしまった。

それで両替商は救われるかもしれないが、今度は幕府の屋台骨が大きく揺らぐ。

上様がご病気だということは、豪商たちにも伝わっている。徳川幕府は政治的にも経済的にも打撃を受けることになる。

徳右衛門は答える。

「ただいま、町奉行所の役人様方が贋小判の出所を突き止めるべく、躍起になっておわします。贋小判の大元を突き止めさえすれば、この騒動は収まるのですよ。我々が右往左往していては、収まるものさえ収まらなくなります」

「それは道理ですがね、三国屋さん。両替商の中には、今日明日にでも潰れかねない者もいるのですよ。早急《さっきゅう》に手を打たなければ大変なことになりますよ」

両替商たちが一斉に腰を浮かせた。

「そうですよ三国屋さん！　出雲守様にお口添えを！」

「我らが生きるも死ぬも、お上のお指図《さしず》次第です。なにとぞ温情を賜《たまわ》ることのできるように願い出てもらえないだろうか」

両替商たちが膝でにじり寄ってきた。徳右衛門を取り囲む。

その時であった。

「ええー、皆さん」

声を張り上げた者がいた。一同がその男を見る。

その男は悠然と座《ざ》している。高級そうな羽織を着けた五十代の商人だ。皆が血相を変えて徳右衛門を取り囲むなか、一人、輪の外にあって、のんびりと煙管《キセル》を咥《くわ》えていた。

大和屋がその男の名を呼んだ。

「住吉屋《すみよしや》さん」

その男、住吉屋藤右衛門《とうえもん》は、ニンマリと口元に笑みを浮かべた。

「皆さん、三国屋さんに無理難題をふっかけちゃあいけない。確かに三国屋さんは江戸一番の大店《おおだな》だ。本多出雲守様にも親しく取り入っていらっしゃる。ですがねぇ、そんな三国屋さんでも、できる話と、できない話とがあるでしょう」

まるで他人事《ひとごと》のような口調だ。この住吉屋も江戸で有数の大店だ。手広く商いを広げている。経営規模で三国屋を猛追する立場にあったのだ。

住吉屋藤右衛門は、いかにも皮肉屋っぽい顔つきで微笑《ほほえ》んでいる。

「この藤右衛門、皆様のお役に立てることがあるかもしれませんよ。憚《はばか》りながら手前の娘は大奥《おおおく》でご奉公をしています。大奥中﨟《ちゅうろう》として上様の身の回りのお世話を承《うけたまわ》っておるのですよ。娘を通して上様にお情けを願えるかもしれません」

その場の全員が——徳右衛門を除いて——「おおっ！」と歓声を上げた。今度は住吉屋のところに膝で擦り寄っていって取り囲む。

「その話が本当ならば、ありがたい！」

大和屋がそう言うと、住吉屋は横目でジロリと睨《にら》みつけた。口元は微笑んだままの不気味な顔つきだ。

「本当ならば、とは？　手前がホラを吹いているとでも？」

「いや、滅相もない。信じます、信じます。住吉屋さんの娘様は、いまや大奥中﨟の富士島《ふじしま》様！　上様ご寵愛《ちょうあい》第一と評判のお局様《つぼねさま》。富士島のお局様のお口添えならば、きっと上様はお聞き届けくださいます！　信じないはずがございますまい」

両替商たちは愛想笑いを顔に張り付けて、うんうんと一斉に頷《うなず》いた。

住吉屋は煙管を片手に皮肉な笑みを浮かべている。

「手前の娘、と言っても、お旗本様の養女に出した娘。その時点で父と娘の縁は切れた……という建前には、なっているのですがねぇ」

大奥の幹部に就任できるのは、朝廷貴族の娘と大身《たいしん》旗本の娘だけだ。町人の子ならば、一度、高貴な家に養女として迎えられる必要があった。

とはいえ実の親子である。富士島ノ局が旗本の家に養女に入ることができたのも、大奥で出世ができたのも、住吉屋藤右衛門からの莫大《ばくだい》な資金援助があってのことだ。娘が父の言い分に耳を貸さないはずがない。

両替商たちは、藤右衛門を取り囲み、手などを握り締めている。

「住吉屋さんだけが頼りだ！」

「頼みますよ、住吉屋さん！」

住吉屋藤右衛門は鷹揚《おうよう》な笑顔で頷き返している。三国屋徳右衛門を差し置いて、江戸の両替商の顔役に上りつめたかのようであった。

徳右衛門は冷やかな目で、住吉屋と両替商たちの振る舞いを眺めている。

＊

晩秋である。赤や黄色に染まった木《こ》の葉《は》が舞い散っている。筆頭老中、本多出雲守の下屋敷は、その権勢を物語り、まことに結構な庭園が造作《ぞうさく》されていた。

書院の障子は開け放たれている。室内から庭の様子が、まるで絵画のように見えていた。

書院の奥の壇上に卯之吉《うのきち》がちょこんと座っている。

床ノ間を背にしたその場所は、本来ならば高貴な身分の人物しか、座ることが許されない。壇下には本多出雲守が控えている。そこは家臣が座る場所だ。卯之吉は今日も、将軍家ご落胤《らくいん》、幸千代君《ゆきちよぎみ》の替え玉を務めているのであった。

いつもの卯之吉であれば、うっとりとして庭の眺めに心を奪われているだろう。しかし今の卯之吉には、庭の風情《ふぜい》よりももっと心を奪われるものが別にあった。

掌中《しょうちゅう》の小判を熱心に見つめている。

「これが贋小判ですか？　うーん、あたしにはよくわからないですけどねぇ」

壇下《だんか》の出雲守は渋い顔だ。

「江戸の市中に出回り、金相場を荒らすのみならず、諸物価にまで障りをなしておる。言うまでもなく、金相場は政《まつりごと》の根幹！　徳川の御家を支える大黒柱じゃ。贋小判の横行を許せば幕政の根幹がひっくり返りかねぬ！」

「それはいけませんねぇ。しっかり取り締まっていただかないと」

卯之吉が薄笑いを浮かべながらそう言うと、出雲守は激しく憤慨した。

「こっ、このわしに向かって！　上様のごとき物言いをいたすなッ。壇上に座っているとは申せ、お前はただの替え玉だぞッ」

贋小判のこともさりながら、卯之吉を壇上に据えているのが腹立たしくてならない様子だ。もちろん卯之吉はまったくなにも感じていない。出雲守を無視して小判に見入っている。

「よくできていますねぇ。とてものこと贋物には見えませんよ。どなたが見破ったのでしょうねぇ」

「三国屋徳右衛門が見破った」

「ははぁ、手前の祖父が……。なるほどねぇ。おそらくは江戸でいちばん、小判を目にしている人でしょうからねぇ。朝から晩まで一日中、小判を数えて暮らしています。孫のあたしが言うのもなんですけれど、毎日毎日、小判ばっかり見ていて飽きないのですかねぇ」

「お前だって、毎日小判を目にしておるではないか」

「あたしは小判をすぐに使っちまいますからね。じっくり見ている暇なんか、あるわけないですよ」

自慢げに言うことではない。

卯之吉は小判を手の中で転がしながら眺めている。

「小判を見慣れていないお人でも、一目で贋物を見分ける方法がないものでしょうかね」

「そんな方法があるなら苦労はせぬわ」

その時、外の廊下から声が聞こえてきた。廊下には近侍《きんじ》の武士が常に控えている。

「奥女中、ご挨拶に参じましてございまする」

出雲守が頷いた。

「来たか」

出雲守は卯之吉に向かって座り直した。

「これより真琴姫様《まことひめさま》付きの奥女中が挨拶にやってくる。そのほうは何もせずとも良い。軽く頷いて『大儀《たいぎ》である』と言ってやれば、それでいいのだ。余計な物言いをいたせば、替え玉であることが露顕してしまうからな」

「お姫様のお女中様が、どうしてあたしの所に挨拶にいらっしゃるのですかね」

「そのほうに挨拶に来るのではない。幸千代君に挨拶するのだ。よいな！　くれぐれも余計な物言いをいたすでないぞ！」

静々《しずしず》と足を運んで女人たちが入ってきた。先頭に立つのは幸千代の乳母《めのと》の大井《おおい》御前《ごぜん》だ。打掛《うちかけ》を捌《さば》いて座る。続いて若い娘が三人、入ってきて、横に並んで平伏《へいふく》した。

大井御前が、つんけんとした顔を卯之吉に向ける。日頃は幸千代と卯之吉に振り回されアタフタとしているが、本来は高貴で気位の高い女性《にょしょう》なのだ。

「若君様におかれましては、まことにご機嫌うるわしゅう」

卯之吉は笑顔で「あい、あい」と軽薄に答えた。たちまち出雲守が険しい顔を向けてくる。この場に人がいなければ叱りつけてきそうな形相だ。

大井御前も（困ったこと……）と思ったであろうが、この場は押し通すしかない。

「このたび、新たに奥女中を雇い入れましてございまする。松葉《まつば》、楓《かえで》、吹雪《ふぶき》、にございます」

三人がお辞儀する。三人ともが若い。十七から二十歳ぐらいの年格好だ。大井御前は紹介を続ける。

「真琴姫様の御身辺《ごしんぺん》をお守りするため、腕の立つ別式女《べつしきめ》を厳しく吟味し、揃えましてございます」

別式女とは女武芸者のことだ。なるほど、三人ともが背筋をスッと伸ばして、隙のない姿であった。

卯之吉はニコニコと微笑んだ。

「あいあい、よろしくお願いしますよ。なにしろ近頃は物騒《ぶっそう》だ。こちらのお屋敷にまで曲者《くせもの》が踏み込んでくるっていうんだからねぇ」

口を開くなと言いつけられたのに黙っていない。

出雲守はおおいに焦っている。

「若君ッ、軽々《けいけい》にお声を掛けられてはなりませぬッ」

大井御前も「おほほほほ！」と高い声で笑った。

「若君様は甲斐《かい》の山中でご闊達《かったつ》に育った御方。御殿の作法には、いまだ慣れておわしませぬようじゃ。ほほほほ！」

笑って誤魔化《ごまか》すしかないのである。

卯之吉は三人の気苦労などまったく理解していない。三人の侍女《じじょ》を眺めている。

「同じお仕着せの着物では見分けがつかないねぇ。そうだ、帯締めの色を変えるってのはどうだろうねぇ。松葉さんは緑、楓さんは赤、吹雪さんは白がいい」

「ほほほ、若君様、そのようなお心遣いはご無用にございまする」

「三国屋から届けさせますから、お代の心配はご無用ですよ？」

「若君ッ」

堪《たま》り兼ねて出雲守が腰を浮かせた。

「蘭学御進講の刻限ですぞ！」

「あれ？　そうでしたっけ」

「大井殿、若君の学問の妨《さまた》げとなるッ。女中たちは奥に引き取らせよ！」

「はい、ただいま。お前たち、ご挨拶はこれまでじゃ。台所へ戻りゃ！」

三人の奥女中たちの尻《しり》を蹴っ飛ばしそうな勢いだ。奥女中たちは、なにが起こったのかはわからないが、まずい事態になったらしいことは察した。卯之吉に向かって平伏してから、大慌てで書院から出ていった。

＊

本多出雲守の下屋敷は広い。多くの御殿が建てられている。そのうちの一棟が真琴姫の住居《すまい》として提供されていた。

瀟洒《しょうしゃ》な座敷に真琴姫が座っている。両手には聞香炉《ききごうろ》を持っている。湯呑茶碗に似た陶器に灰が詰められ、火のついた香木のかけらがのせられていた。その匂いを嗅《か》いで楽しむ。ちなみに香道では匂いを嗅ぐことを〝聞く〟という。

美鈴《みすず》は同じ座敷の下座《しもざ》に控えている。馥郁《ふくいく》たる香りが漂ってきた。

美鈴は本当は、真琴姫の警固《けいご》のために、この屋敷に連れてこられたのだ。奥御殿は男子禁制なので女武芸者が必要なのだ。大井御前がかき集めた中に、美鈴の名もあったのである。

その後、なぜか幸千代の身勝手に振り回されて、しなくてもよい苦労をさせられた。真琴姫の江戸入りによってようやく本来の役目に戻された。そうして今、真琴姫を守るためにこの場に座っている。

真琴姫は香を聞いている。お香は気鬱《きうつ》や不機嫌を散じる効能があるとされている。真琴姫の表情は憂悶《ゆうもん》に満ちていた。気が晴れる様子はまったくなかった。

聞香炉を卓に戻して小さくため息を漏らしている。

無理もない――と美鈴は思う。愛しい許嫁《いいなずけ》に会いたくて、遥か遠くの甲斐国から旅してきた。危険な目に遭《あ》ってもなお、江戸を目指したのは、ただただ幸千代に会いたかったからだろう。

ところが、江戸に着いてみれば幸千代は行方《ゆくえ》を晦《くら》ませている。真琴姫は激しく傷ついたに相違ない。

真琴姫は、ふと、立ち上がった。障子に向かって歩んでいく。美鈴も慌てて腰を浮かせた。

「姫様、どちらへ」

どこへ行くにもついていかねばならない。曲者がどこに潜んでいるのか、わかったものではない。真琴姫に武芸の心得はない。

姫は美鈴に答えた。

「庭を眺めるだけです」

障子を開けて濡れ縁（縁側）に立つ。

庭には大きなモミジの古木《こぼく》が植えられてあった。真っ赤に染まった葉が鮮やかだ。目に染みるようであった。

さすがは筆頭老中の屋敷。庭木もよく吟味された名木だ。美鈴は武芸にしか関心がなく、その野暮ぶりを卯之吉にからかわれたりしているが、それでも思わずうっとりと見惚《みと》れてしまった。

真琴姫もまた、無言でモミジを見ている。美鈴は思わず声を掛けた。

「美しゅうございますね」

ところが真琴姫の表情は険しい。美鈴には目を向けずに答えた。

「美しい？　これがか」

「……姫様には、お気に召しませぬか」

「妾《わらわ》の目には、この木は可哀相《かわいそう》に映ります」

「可哀相？」

「塀に囲われた狭い庭に閉じ込められている。まるで牢獄に囚《とら》われているかのよう……。江戸のモミジは可哀相。甲斐の山々であれば、もっと雄々《おお》しく伸び伸びと、枝葉を伸ばすことが叶《かな》ったでしょうに」

真琴姫は小さな肩を落とした。

「このモミジの木も、自分の足で歩けたならば、このお屋敷から飛びだして、二度と戻っては来ないでしょうね」

真琴姫は美鈴の顔を見た。

「そなたも可哀相」

「わたしが？　なにゆえ」

「妾の警固を言いつけられて、この屋敷に留まることを強いられている」

「わたしは武士の娘でございますから、父の役儀に従いまする」

「それが可哀相じゃと申しておる。そなたには、心に想う男子《おのこ》はおらぬのか」

美鈴の顔が真っ赤になった。

「……おります」

「その男子に会いたいであろうに」

会いたい、と切実に想った。

卯之吉は今、この屋敷のどこかにいる。もしかしたら壁一枚を隔てた隣の部屋にいるのかもしれない。

しかし会いに行くことは叶わない。美鈴は真琴姫から目を離すことはできない。

真琴姫はモミジを見るのと同じ目つきで美鈴を見た。

「そなたも、この役儀から解き放って、好きにさせてやりたい」

美鈴は袴《はかま》をぎゅっと握った。

「わたしの想う人は、たとえわたしが近くにいたとしても、わたしに目を向けてくれるかどうか、わかりませぬ。わたしがあの御方の近くにいてもいなくても、同じことにございます。お気遣いはご無用のことにございまする」

「それでも、好いた男の傍《そば》にいたいと願うのが女心じゃ」

その時そこへ大井御前が別式女の三人を連れて入ってきた。真琴姫は顔から表情を消した。美鈴も居住まいを改める。

姫は座敷の壇上に戻る。その正面に大井御前が平伏した。三人の別式女は下座に控えた。

「姫様、これに控えし三名の者が、今日より姫様の御身《おんみ》をお守りいたします」

姫は冷たい表情で頷いた。

美鈴は濡れ縁に控えて座っている。姫の横顔を見た。囚われのモミジが三人も増えたことを哀れんでいるのだろうか。

「よろしく頼みいる」

姫は一言、そう言った。

(幸千代様がお傍にいてくれたなら、姫の心も慰められるのに……)

どうして男というものは、女の気持ちを察することができないのであろうか。

二

その頃。問題の幸千代本人は、八丁堀《はっちょうぼり》にある卯之吉の役宅で、おおいに飯を食らっていた。

座敷の真ん中にどっかりと座り、山盛りの椀をかきこんでいる。とんでもない大飯食らいだ。台所では銀八《ぎんぱち》が飯炊きにおおわらわであった。

さらには浪人の水谷弥五郎《みずたにやごろう》と、売れない役者、由利之丞《ゆりのじょう》の姿もあった。水谷はたすき掛けして俎《まないた》の野菜を包丁でガスガスと切っている。切った先から煮立った鍋に投げ込んでいく。

竈《かまど》の前では由利之丞が屈《かが》み込んで火吹き竹を吹いている。灰を頭から被《かぶ》らないように手拭いを姉《あね》さん被りにしていた。

「どういう子細があって、将軍家のお世継ぎ様が若旦那のお屋敷にデンと陣取っていなさるんだい？」

由利之丞が銀八に訊《たず》ねる。

「あっしに訊《き》かれても、わからねぇでげす！」

常識で考えても答えが出てくるはずもない。

由利之丞は鍋の中身をしゃもじでかき混ぜる。

「きちんとご挨拶しないと、お手討ちにされちまいそうだなぁ。上様へ挨拶するときの口上《こうじょう》を知ってるかい？」

「それはやめといたほうがいいでげすよ。若様は堅苦しい挨拶が大嫌いなんでげす。『殿上、殿下に控えまするは――』なんてやり始めたら、たちまち不機嫌になるでげす」

「変わったお人だねぇ。弥五さんはどう思う？」

「下々《しもじも》の屋敷で芋煮なんぞを食うのだ。変わった男に決まっておろう」

芋に串を刺して確かめる。良い具合に煮込まれた芋煮を大きな椀によそう。銀八が、

「あっしが進上してくるでげす」

と言って、盆に椀をのせて運んでいった。

入れ代わりになるようにして「御免」と外から声がかかった。案内を待たずに沢田彦太郎《さわだひこたろう》が台所に踏み込んできた。

由利之丞はギョッとなって立ち上がった。水谷弥五郎も襷《たすき》を外して姿勢を正す。

「これは、南町の内与力《うちよりき》殿」

町奉行の内与力は、町奉行の官房兼、秘書室長のような立場だ。町奉行が江戸の都知事兼、警視総監兼、東京消防署長のような身分であるから、その側近も実

に偉い。権力も握っている。

ところが今の沢田彦太郎は、野放図《のほうず》な幸千代と卯之吉にさんざん振り回されている。目玉を白黒させられてばかりだ。

「挨拶などしている暇はない！」

沢田は弥五郎に詰め寄った。

「銀八より文が届いたゆえ駆けつけてまいったッ。こちらに若君様が隠れ潜《ひそ》んでおわすのだなッ？」

「何故《なにゆえ》か、そのような次第となっておるのでござる」

沢田は腰の刀を鞘《さや》ごと帯から引き抜くと床にあがろうとした。座敷から戻ってきた銀八と鉢合わせをした。

「このわしを、若君様の御前に案内《あない》せいッ」

銀八は、「今はおやめになったほうが……」と止めた。

「ご飯を召し上がっていらっしゃるでげす。若君様は飯がなによりの楽しみで、食べている時に邪魔が入ると、とんでもなく不機嫌になるんでげすよ」

「御膳の最中か。ならば遠慮をせねばならぬな」

沢田は上がり框《かまち》に腰を下ろして深々とため息を吐いた。ガックリと肩を落とす。心身ともに疲れ切った顔つきだ。無理もあるまい。

銀八はおそるおそる、沢田に訊ねた。

「若君様を、出雲守様のお屋敷にお連れなさるおつもりでげすか？」

「当たり前じゃ！」

「いやぁ、若君様は頑固なお人柄でげすから、梃《てこ》でも動かねぇと思うでげすよ」

「梃で動かぬのなら首に縄を掛けてでもお連れする！」

「そんなことをしたら沢田様がご切腹を言いつけられるでげすよ」

沢田は銀八の顔を凝視した。

「若君様は、何をお考えになって、八巻《やまき》の役宅なんぞに入っておわすのだッ」

銀八も困り顔だ。

「どうやら、うちの若旦那の代わりに、同心様の役儀を務めるおつもりのご様子でげす」

「なんじゃとッ」

「うちの若旦那が、若君様の替え玉を務めていなさるでげしょう？　そうと知った若君様は『左様ならば余《よ》が八巻の替え玉を務めようぞ』ってなもんで、息巻いていなさるでげすよ」

「無茶苦茶だ！」

「一度言い出したら最後、人の言うことには耳を貸さないお人でげす。……なんといっても上様の弟君でござんしょう？　無茶な我が儘《わがまま》でも、聞き入れるしかねぇって話で」

沢田も頭を抱えた。胃袋に穴が三つも四つもあくような心境だ。

「いかに図《はか》ればよいのかッ」

ところが銀八は、沢田ほどには深刻に考えていない。やはり幇間《ほうかん》だ。銀八は沢田の耳元で囁《ささや》きかけた。

「ものはお考えようですよ沢田様」

「なんじゃ？　良き方策でもあるのか」

「ここは将軍家に取り入る好機、と、お考えになってはいかがでげすか。幸千代様は、いずれは上様になるお人。今のうちに仲良くなっておけば、のちのち沢田様のご出世にも繋《つな》がるんじゃねぇんでげすかね？」

沢田は俄《にわ》かに考え込む顔つきとなった。

「……むむっ、確かに、それは一理ある」

なにやら思案しながら「うむうむ」と頷いている。

「若君様のお命を狙う者は後を絶たぬ。ここはひとつ、南町奉行所において密かに若君様の御身をお預かりするのも、良案かもしれぬ！」

由利之丞と水谷弥五郎は顔を見合わせている。

「なんだか、とんでもないことを考えてるんじゃないかな？」

「うむ。とんでもないことになりそうだ」

座敷から「おーい」と声がかかる。

「芋煮をもう一杯、所望《しょもう》だ」

幸千代の声だ。沢田が、

「はい、ただいまー」

と答え、しゃもじを手にしていそいそと椀によそい始めた。

「御前にはわしが持っていく」

膳にのせると恭《うやうや》しげに高く掲げ、自分は面《おもて》を伏せて、摺《す》り足で静々と座敷へ向かった。

由利之丞が銀八に顔を寄せた。

「いいのかい、あれで」

銀八も渋い顔つきだ。

「あっしらだけで将軍家の若君様をお守りするなんて無茶でげすよ。沢田様に押しつけちまうのが一番でげす」

「ああ、それはそうかもしれないね」

沢田が戻ってきた。今度は空の椀に、炊いた飯を山盛りによそっている。また、恭しげに膳を掲げて座敷に戻った。

「いまのうちにオイラたちも朝ご飯にしようよ」

由利之丞が椀に飯を盛って水谷弥五郎に渡す。水谷も、

「おう、そうだな」

と同意して箸《はし》を手にした。

台所の板敷きで、三人が飯を食べていると、そこへ、足音も荒々しく一人の侠客《きようかく》が飛び込んできた。

「おっ、なんでぇ。朝からしまらねぇツラが揃っていやがるな」

荒海《あらうみ》ノ三《さん》右衛《え》門《もん》だ。

「旦那がお戻りになったって聞いたんで、この荒海ノ三右衛門、さっそくにも駆けつけてきたぜ。旦那は奥かい」

銀八は（いちばん面倒臭いお人が来てしまったでげす）という顔をした。

奥から幸千代が出てくる。三右衛門はサッと頭を下げ、

「これは旦那！　一ノ子分の三右衛門が――」

と、挨拶の口上を述べようとしたのだが、その顔つきがみるみるうちに険しくなった。幸千代の顔を睨みつける。

「……お前《め》ぇ様は、いってぇ、どこのどちら様なんで？」

銀八と水谷と由利之丞が一斉に「あっ」と叫んだ。

由利之丞は驚きと感心が半々の表情となる。

「一目で別人と見破ったよ」

水谷弥五郎は「うーむ」と唸《うな》る。

「たいしたものだな」

幸千代と三右衛門は無言で激しく睨み合っている。

＊

南町奉行所の同心部屋に同心たちが居並んでいる。内与力の沢田彦太郎が入っていくと一斉に低頭した。

沢田は同心姿の幸千代を連れている。幸千代は皆の正面に堂々と座った。

沢田が「同心一同に申し伝える！」と声を発した。

「八巻は病が本復《ほんぷく》し、本日より同心の務めに戻る」

八巻同心に扮《ふん》した幸千代は、傲然《ごうぜん》と顔を上げて同心一同に目を向けている。じつに偉そうな顔つきだ。実際に偉いのだから当然だが。

沢田は続ける。

「八巻は熱病にうかされ、そのせいで記憶が一部、とんでおる」

同心たちが動揺した。熱を出した子供が記憶を失くすことは、よくあった。

「ええい、静まれ！　ともあれ本復したので同心の仕事に戻す。皆、いたわってやるように。よいな！」

同心たちが「ははっ」と答えて低頭した。内与力に釘を刺されたなら、黙って従うより他にない。

同心たちにはそれぞれ役儀や持ち場が定められていて、一日に一度は江戸の市中を見回りに行かねばならない。

ところがなかなかに腰を上げない。情報交換という名目で無駄話をする。どこどこの水茶屋の菓子が美味《うま》かっただの、新しく入った看板娘が可愛《かわい》らしいだの、どうでもいい話をしながら時間を潰すのだ。

幸千代はそんな話には加わらない。一人で文机《ふづくえ》について犯科帳（江戸で起こった犯罪や犯罪者について記した記録簿）を捲《めく》っている。本物の八巻卯之吉も、無駄話には加わらずに昼寝している男なので、幸千代が話の輪に加わらなくても気にする同心はいなかった。

幸千代は犯科帳をパタリと閉じた。勇躍、立ち上がると壁の刀掛けに向かい、自分の刀を摑《つか》み取って腰帯に差す。同心部屋を出ていこうとする。同心の玉木《たまき》が気づいて声を掛けた。

「おい八巻、どこへ行くんだ」

普段の卯之吉なら昼寝をしている時間なのに珍しい。

幸千代は肩ごしに振り返って鋭い目を玉木に向けた。

「市中の見回りに行ってまいる。甲斐より将軍家の隠し子が来てからというもの、江戸には曲者どもが大勢暗躍しておる。上様のお膝元を騒がす不逞《ふてい》の者どもじゃ。決して許してはおけぬ！」

鋭い気迫に同心たちが気圧《けお》されている。玉木は「お、おう……」と答えるので精一杯だ。

「そなたたちも無駄話に興じておる暇などあるまいぞ！」

幸千代は続ける。

鋭く言い放ってズカズカと同心部屋を出ていった。

玉木は唇を尖らせた。

「先達《せんだつ》（先輩）に向かって、その口の利き方は、ねぇだろう」

同心の尾上も驚いている。

「沢田様が言っていた錯乱だな。八巻のやつ、熱病のせいで自分のことを殿様かなにかだと勘違いしている――っていう。可哀相になぁ」

一方、玉木は筆頭同心の村田銕三郎《むらたてつさぶろう》に顔を向けた。

「村田さんから、一言、厳しく言ってやってくださいよ」

村田は険しい面相で腕組みをしている。幸千代の後ろ姿を睨んでいた。

「八巻のヤツめ……！」

「そうです、ガツンと叱ってやってください！」

「同心らしくなってきたじゃねぇか！」

「えっ？」

「同心たるもの、あのぐらいにやる気を見せなくちゃいけねぇぞ。俺たちも見回りだ！　行くぞッ」

同心たちは慌てて立ち上がる。

玉木と尾上は顔を見合わせた。尾上が首を傾《かし》げている。

「村田さんとしてはアリなんだ？　ああいう態度」

「そ、そうらしいな」

玉木も動揺しながら頷いた。

＊

黒巻羽織姿で十手《じって》を腰に差した幸千代が大道《だいどう》を闊歩《かっぽ》している。眼光はあくまでも鋭く、肩で風を切る風情だ。

その堂々たる姿は嫌でも人目を惹いてしまう。

「あっ、南町の八巻様だ！」

「八巻様、お見回り、ご苦労さまにございます！」

四方八方から挨拶の声がかかる。幸千代は目もくれず、挨拶も返さずに進んでいく。

その背後では銀八が、幸千代のぶんまで腰を低くして挨拶に答えていた。

「へい、どちらさんもご機嫌よろしゅう。毎度ご贔屓《ひいき》にありがとうさんでございやす」

幸千代があまりにも尊大なので、そのぶん銀八が萎縮して、愛想笑いを振りまいてしまうのだった。

銀八の後ろには水谷弥五郎と由利之丞の姿もある。万が一に備えての用心棒だ。

「あれじゃあ、同心様より偉そうに見えるよ」

「実際に偉いのだから仕方あるまい」

などと小声で囁きあった。

さらにその後ろには荒海ノ三右衛門がいる。こちらは極めつきの不機嫌だ。

「なんだってこのオイラが、旦那の替え玉につき従って歩かなくちゃならねぇんだ。この荒海ノ三右衛門、一命を奉《たてまつ》ったのは、八巻の旦那お一人だけだぜ！」

などと悪罵《あくば》を吐き散らしていたその時であった。道の先から罵声《ばせい》が聞こえてきた。

「なんだ？　喧嘩か」

水谷弥五郎が首を伸ばした。

露店や茶屋が並んでいる。日除《ひよ》けの葦簾《よしず》が倒されて、町人姿の男が飛び出してきた。続いて店の主が出てくる。

「置き引きだッ!」

茶屋の腰掛けなどに客が置いた荷物をかっぱらうことを置き引きという。

店の主が置き引きに飛び掛かる。すると周囲の人ごみの中から三人の男が駆け寄ってきて店の主に殴り掛かった。

銀八が叫んだ。

「いけねぇ! 悪党仲間でげす。腕っぷしの強そうな奴らばっかりでげすよ!」

無精髭《ぶしょうひげ》を生やした男、細い目の痩せた男、相撲取りのような男だ。それと置き引きの四人組で悪事を働いている。置き引きの男がしくじった時にはすかさず三人が飛びだしてきて乱暴を働き、仲間を逃がす手筈《てはず》となっているのだろう。

「ここは拙者に任せろ」

水谷弥五郎が刀の鞘に反りを打たせて走り出ようとした。ところが、それよりも早く幸千代が駆けだしていく。

「あっ、若君様、危ねぇでげすッ」

銀八が止めたが聞く耳を持たない。乱暴者たちの中に突入していった。

「なんでぇ手前《てめ》ぇは! 役人かッ」

無精髭が叫んだ。

黒巻羽織に十手を差した同心が駆けつけてきて、恐れ入るかと思ったら、さにあらず。無精髭は匕首《あいくち》を引き抜いた。

「役人に捕まっちまったら、今度こそ島送りだッ。かまわねぇ、叩きのめしてやれッ」

江戸の法では軽犯罪も累積すれば大罪となる。厳しい処罰が下されるのだ。初犯なら百叩きで済むが、三度も捕まれば遠島《おんとう》や死罪に科せられた。それゆえに悪党たちも必死である。

しかもだ。江戸町奉行所の役人は江戸の外には出られない。悪党たちは江戸から逃げ出すことさえできれば、捕まらずに済むことも多かった。

だから役人は叩きのめす。遠慮はしない。

「うおりゃあッ」

無精髭の男が幸千代の胸を狙って匕首を突き出した。銀八は「ひゃあっ！」と悲鳴をあげた。胸を一突きされて倒れる幸千代を想像した。

幸千代はサッと体《たい》を捌《さば》いて刺突《しとつ》を避けると、悪党の腕を摑んだ。グイッと捩《ねじ》り上げる。

「痛《いて》ぇ！」

無精髭が悲鳴をあげる。捩られた手から匕首がポトリと落ちた。さらに幸千代が腕をきつく捻《ひね》ると、たまらずに、もんどりを打って転がった。背中からズドンと地面に叩きつけられた。

水谷弥五郎が「うむ」と頷く。

「骨法《こっぽう》の技だ」

無精髭の男は腕を押さえて泣きわめく。骨が折れたか、関節が外れたかしたようだ。

「くそっ！」

細い目の男が匕首で襲いかかる。その腕を幸千代は手刀《チョップ》で一打ちした。さらに相手の首筋にも叩き込む。男は店の葦簾に突っ込んで気を失った。

「野郎ッ」

巨漢が腕を広げて襲いかかってきた。刃物は使わず腕力で投げ飛ばそうという魂胆だ。幸千代はスッと身を屈めて両腕の下をかいくぐると、巨漢の脛《すね》を思い切り蹴った。足を払われた巨漢が前のめりに倒れる。顔から地面に突っ込んだ。さらに幸千代は足蹴《あしげ》を加える。脇腹から肝臓を蹴られた巨漢が悶絶《もんぜつ》する。あまりの激痛に呻《うめ》き声すら上げることができず、脂汗を流して悶《もだ》え転がった。

最後に残った置き引きは完全に戦意を喪失した。腰を抜かしてへたり込み「あわわわ……」などと呟《つぶや》いていた。股間の褌《ふんどし》が丸見えだ。ジュワ～ッと黄色い染みが広がっている。恐怖のあまりに失禁したのだ。

悪党四人が地べたに倒れて呻いている。その場に立っているのは黒巻羽織姿の幸千代だけだ。冷やかな目で悪党たちを見下ろしていた。

露天商の親仁《おやじ》が気づいて叫んだ。

「南町の八巻様だ！」

野次馬や旅人たちが「ええっ」と驚いた。

「あれが噂の八巻様！」

「さすがにお強い！　評判通りの強者《つわもの》だべ。お刀も十手も使わず、素手で悪党どもを叩きのめしちまったべぇよ」

「八巻様にとっちゃああんな小悪党、物の数にも入らねぇんだべなぁ」

「江戸さ出てきて、八巻様の捕り物を見物できるたぁ、こいつぁなによりの土産《みやげ》話だべ」

野次馬と田舎者たちが口々に感嘆の声をあげている。幸千代は、野次馬には目もくれず、銀八に鋭い目を向けた。

「縄を掛けよ」

「へいへい。ただ今」

銀八だけでは心許《こころもと》ない。水谷弥五郎と由利之丞も手伝って、悪党たちを縛り上げていく。

一人、三右衛門だけがそっぽを向いている。下唇を突き出して、不貞腐《ふてくさ》れた表情だ。小声でブツブツ言っている。

「気に入らねぇ！　本当に強い漢《おとこ》ってもんは、ひと睨みしただけで相手を怖《お》じ気《け》づかせるもんだぜ、八巻の旦那みてぇによォ。それにひきかえ、どうでいあいつのやり口は。力ずくで叩きのめしているだけじゃねぇか」

なんだか激しく誤解をしているが、銀八も水谷弥五郎も由利之丞も、聞こえないふりをして黙々と縄を掛けた。

悪党四人は近在の大番屋に預けられた。幸千代は見回りを続ける。銀八は幸千代に擦り寄って、背後から小声で語りかけた。

「悪党を目にしたからって、いきなり駆けだしちゃあいけねぇでげす。弱い相手だったから良かったでげすが、本当に強い相手だったら、大ぇ変《てぇへん》なことになってたでげす」

　幸千代は不機嫌そうにしている。

「我が兄たる将軍のお膝元を騒がす悪党を、見逃しになどできようか！」

「万が一、若君様が死んじまったりしたら、どうする気でげすか」

　幸千代は唇を尖らせて、プイッと空を見上げた。

「我が兄の楯《たて》となって死ぬのだ。なにを悔やむことがあろうか」

＊

　住吉屋藤右衛門の店は、元今川橋町《もといまがわばしちょう》に立っている。豪壮な店構えだ。〝住吉〟の屋号が入った紺の暖簾《のれん》が風にはためいていた。

　藤右衛門が帳場で算盤《そろばん》を弾いていると、番頭が顔を寄せてきて、客には聞こえぬ小声で囁いた。

「甲斐国より呼び寄せた者が、ただいま参りましてございます」

　藤右衛門は顔つきをかえず、目も向けずに問い返した。

「どこにいるんだい」

「裏の庭に控えさせております」

「わかった。行こう」

両替商の裏庭には何棟もの金蔵が建ち並んでいた。厳重な塀で囲われている。口さがない江戸っ子たちから「三国屋の身代《しんだい》に迫る、いずれは追い越すかもわからない」などと噂をされている住吉屋だ。まばゆいばかりの白壁は、その栄華を物語るかのようであった。

塀の下に見すぼらしい身なりの男がしゃがみ込んでいた。

「旦那がお見えだよ。行儀を直しなさい」

番頭が声を掛けると、しゃがんだまま、藤右衛門のほうに向き直って頭を下げた。

麻の着物はあちこちが擦り切れている。麻は極めて丈夫な繊維だ。擦り切れさせるほうが難しい。いったい何年、この古着を着続けているのだろうか。

髪は鋏《はさみ》も櫛《くし》も入れていない。ぼさぼさの伸び放題。後頭部で無造作に麻紐《あさひも》で結わえてあった。

「顔を見せなさい」

藤右衛門が命じると男は顔を上げた。垢《あか》と泥とで真っ黒だ。痩せている。目玉ばかりをギョロギョロとさせている。栄養が足りていない者に特有の顔つきだ。

まだ若い。二十四、五歳ぐらいであろう。

「名はなんというのだね」

男はボソッと、感情のない声で答えた。

「トキゾウ」

「そんな汚らしい身なりで旅をしてきたのか。よくもお江戸に入ってこれたものだねぇ」

江戸に入るには、四谷《よつや》や高輪《たかなわ》などの大木戸《おおきど》や、千住《せんじゅ》の大橋を通過しなければならない。役人たちが目を光らせている。街道には宿場役人もいる。浮浪者や無宿人の通過は許されない。捕縛されることすらあった。

トキゾウは不貞腐れた顔つきで答える。

「伊勢《いせ》参りをしてきた、って答えた。追剥《おいはぎ》にあって着物も銭も取られた、って言ったんだ」

「お役人たちは、それで通してくれたのかい」

トキゾウは無言で頷く。藤右衛門もニヤリと笑って頷いた。

「なかなかに頭が回るようだな」

江戸時代、町人の移動は厳しく制限されていたが、伊勢参りだけは別儀で、旅行も黙認されていた。トキゾウはその慣習を突いてぬけぬけと江戸に入ってきたのだ。

「使い物になりそうだ。それでお前は、どういう理由があって自分が江戸に呼ばれたのか、知っているのか」

「穴掘りだろう」

「そうだ。聞いている話はそれだけか」

「幸千代を殺すんだろう」

「知っているなら話は早い。殺しに手を染める覚悟はあるのだね？」

「聞かれるまでもねぇや。やってやるよ」

「お前は甲斐で、役人を殺したそうだな」

トキゾウは答えない。藤右衛門は続ける。

「見事に仕事をやり遂げたならば上方《かみがた》に逃がしてやる。手形も偽造してやろう。別人になりきって生きる、それができるだけの手筈《てはず》を整え、銭もくれてやる。励むが良いぞ」

トキゾウは無言だ。

三

本多出雲守の下屋敷に〝将軍家代参〟として大奥中﨟、富士島ノ局がやってきた。

「お屋敷内に穴をお掘りいただきます」

富士島は書院に着座するなり、挨拶もそこそこに、そう言い放った。

聞いているのは本多出雲守である。出雲守は筆頭老中であるが、富士島は将軍の言葉を伝えに来た者。将軍に対するかのように恭しく拝聴しなければならない。

本多出雲守が恐る恐る問い返す。

「穴、とは？　いかなる仰せにございましょうか」

富士島はツンと取り澄ました美貌を横に向けた。

「上様は『抜け穴を掘れ』との、仰せじゃ」

「抜け穴？」

「この屋敷に曲者が忍び込んだは、一度や二度の話ではない。屋敷周りは町奉行所の者どもが、屋敷の内は甲府勤番が警固しておるとは申せ、まことに頼りない」

「申し訳次第もございませぬ」

「まったくもって無為無策ではないか。呆《あき》れた話じゃ」

否《いな》、策は講じてある。皆が幸千代だと思っているのは替え玉だ。万が一、刺客に殺されようとも若君の御身は安泰である。

そういう秘策を巡らせてあるのだが誰にも知られてはならない。秘策は、秘密だからこそ意味がある。

それ以上に守らなければならない秘密もある。若君様に逃げられてしまった、という失態だ。将軍に知られるわけにはゆかない。知られたならば切腹も免れ得ない。出雲守の顔色は悪い。額に汗を滲《にじ》ませている。

「なんじゃ？　出雲守殿は上様の策がご不満か」

顔色の悪さを誤解されてしまったようだ。

「不服があるなら、妾が上様に左様申し伝えるが？」

「め、滅相もござらぬ！　上様の御意《ぎょい》に異議を唱えるなど、まったくもってありえぬこと！」

「ならば何を気に病んでおられるのじゃ。費用の用立てにお悩みか。昨今の武家はいずこも勝手不如意《かってふにょい》じゃからな」

　勝手不如意とは〝貧乏〟の意味である。

「出雲守殿の権勢を支えるは三国屋の財力。その三国屋は小判相場の乱高下《らんこうげ》に翻《ほん》弄《ろう》されておるそうな。自分の店が潰れぬようにするので精一杯。とてものこと、出雲守殿を支えるどころではあるまいなぁ」

「いや、そのようなことは……」

「案ずるには及ばぬぞ、出雲守殿。抜け穴掘りに必要な金子《きんす》は住吉屋藤右衛門が御用立ていたす」

「住吉屋」

　昨今江戸で台頭《たいとう》著しい豪商の名は、当然、出雲守も知っている。

　富士島は尊大に鼻筋を上に向けて続ける。

「知ってのとおり、住吉屋は妾の生家。藤右衛門は生みの親じゃ。妾が口添えいたせば否とは申さぬ。いかなる大金でも用立ててくれようぞ。出雲守殿、我が父を挨拶に来させよう。可愛がってくれるように、妾からも頼みいりまするぞ」

「心遣い、かたじけない……」

屋敷内に抜け穴を掘ることを了承させ、富士島は大奥に戻っていった。出雲守は書院で一人、腕を組んで考え込んだ。

三国屋に取って代わろうかという豪商が、筆頭老中に擦り寄ろうという魂胆か。だが、なにやら怪しい。

出雲守は賄賂《わいろ》が大好きな金権政治家だが、強欲《ごうよく》なだけで生きていけるほど政治の世界は甘くない。

出雲守は不機嫌そうに黙考《もっこう》を続けている。外の庭は長閑《のどか》な午後の日差しに包まれている。遠くで犬の鳴く声がした。

*

一匹の犬が「キャンキャン」と吠えながら走ってきた。卯之吉の足元にまとわりつく。下屋敷の庭。モミジがあまりにも見事なので、風流心を誘われた卯之吉は庭に出た。池にかかる橋の上に立っていたところへ、一匹の小犬が寄ってきたのだ。

「おや、なんだいお前は。こちらのお屋敷のお犬かい」

卯之吉は小犬を両手で抱き上げた。犬は首を伸ばして卯之吉の顔をペロペロと舐《な》める。

「くすぐったいよ、やめておくれな」

戯《たわむ》れていると、一人の娘が庭に入ってきた。

「樫丸《かしまる》〜、どこ？」

娘が呼ぶ。卯之吉に抱き上げられていた犬が「キャン」と吠えた。

「そこにいるの？」

娘がこちらに顔を向けた。そして卯之吉に気づいて仰天して、その場で急いで片膝を突いて低頭した。卯之吉のことを将軍家の若君だと思い込んでいる。

心臓が止まるほど驚いているであろう娘を見ても、卯之吉はいつも通りの涼しげな風情だ。

「ええと、別式女の吹雪さんだったかね。このお犬はあんたの飼い犬かい？」

吹雪は深く顔を伏せたまま答えた。

「お屋敷警固のため、引き連れてまいりました犬でございます。犬は、曲者の気配を良く察し、吠えて報《しら》せてくれますので……」

しどろもどろになりながら答えた。

「ふむふむ。虎毛の犬だね」

虎毛とは、毛色が、黄、黒、灰色の縞模様になっていることをいう。

「甲斐犬《かいいぬ》でございます」

大昔から甲斐国の猟師が飼っていた中型犬だ。甲斐犬の樫丸が腕の中で暴れた。

「飼い主のところに戻りたいようだ」

卯之吉はそっと地面に下ろしてやった。樫丸は吹雪の足元に駆けよってじゃれつく。卯之吉はほんのりと微笑んだ。

「吹雪さんも樫丸も、お姫様をお守りする役儀を負ってたいへんだねぇ。難儀だろうけど、よろしく頼みますよ」

「若君様のお言葉、肝に銘じて、犬ともども、役儀に励みまする！」

「いや、そんなに大げさに頑張らなくてもいいけれど……。なにかまずいことを言っちゃったかねぇ？」

感激で身を震わせる吹雪を見て、卯之吉は慌ててその場を立ち去った。

樫丸がまた鳴きながらどこかへ駆けていく。

「遊びたい盛りの小犬だねぇ」

卯之吉は沓脱《くつぬ》ぎ石の上で雪駄《せった》を脱ぐと屋敷に上がった。

＊

本多屋敷の周囲では、町奉行所の役人たちによる見回りが続けられていた。

「どういうわけでこの俺が、今日も屋敷廻りの掛かりなんだよ！」

ブツブツと文句を言いながら尾上伸平《しんぺい》がやってきた。

同心の生活は役得にかかっている。賂《まいない》や付け届けの多い掛かりを担当する者は裕福な暮らしを謳歌《おうか》できるが、その反対に、役得の少ない掛かりを受け持つ者は、貧しい暮らしを強《し》いられた。

賂の多い掛かりは、なんといっても〝町廻り〟だ。商家の前で足を止めれば、すかさず店の者が袖の下に金銭を忍ばせてくる。なにかと便宜を図ってもらいたい、ちょっとの悪徳商法は見逃してもらいたい、などなど思惑が絡んでの贈賄だ。

その逆に、武家屋敷周辺の見回りなどは、もっとも役得が期待できない。

「玉木のヤツ、『沢田様に呼ばれた』なんて言ってたが、嘘に違いない。くそっ、まんまと出し抜かれた」

玉木に逃げられて、筆頭同心の村田からこの仕事を押しつけられた。

怠けたいのは山々だが、そうもいかない。

「俺が警固を受け持っていた時に曲者が屋敷に忍び込んだら大事《おおごと》だ。切腹だって免れないぞ……。役得はない。責任は重い。まったくやってられないよ」

同心にもあるまじき愚痴をこぼしながら歩いていると、キャンキャンと犬の鳴き声が聞こえてきた。

屋敷の番犬が曲者を見つけたのだろうか。尾上は腰の十手を握ると、鳴き声のする方に向かった。

江戸は掘割（水路）によって保たれている町だ。碁盤の目のように掘られた水路を舟が行き交い、食料や生活物資を運び続ける。本多家下屋敷も深い掘割によって囲われていた。

晩秋から冬にかけての水が少ない季節だ。土手の石積みが六尺以上剝《む》き出しになっている。尾上が立つ路面から見て、遥かに下を水が流れていた。

犬がパシャパシャと水を弾いて走っている。尾上は「ははぁ」と声を漏らした。

「掘割に落ちたのか。いったいどこの田舎の犬だよ？」

ふふっと笑う。江戸では掘割に転落するのは田舎者だと決まっている。落ちた者はそう決めつけられて笑われる。

犬は土留めの杭のあたりに爪を掛けてしがみついた。

「水が少なくて良かったな。梅雨時だったら海まで流されていたところだぞ」

犬の足では石垣を登ることはできない。

「どれどれ。今、助けてやるからな」

掘割の底に下りるための梯子《はしご》がある。尾上は梯子を伝い下りた。掘割の底の泥に足が埋まる。足袋《たび》がたちまち冷たく滲《し》みた。これは余計なことをしてしまった、と後悔した。北風の冷たい季節。濡れた足で過ごすのは苦痛極まる。

「樫丸〜、どこなの？」

頭上から女の声がした。犬が激しく反応して吠える。居場所を報せているようだ。

「飼い主が来たか」

ますます余計なことをした気がする。尾上は犬に手を伸ばした。

「噛むなよ」

犬は小刻みに震えている。恐いのだろう。

頭上では飼い主がこちらの様子に気づいた。

「樫丸ッ？」

犬の代わりに尾上が答える。

「大丈夫だ。誤って掘割に落ちただけだ。今、助けてやるぞ」

尾上は小犬を片手で抱きかかえると梯子を摑んで路上に戻った。

「そなたの飼い犬か——」

犬を差し出したところで、尾上の全身と思考のすべてが止まった。息をするのも忘れた。電撃のような一目惚《ひとめぼ》れであった。

「ありがとうございます」

娘が犬を受け取る。よほどに案じていたのだろう。抱きしめると頰をギュウッと押しつけた。凄《すさ》まじく愛らしい。こちらの心臓が止まってしまいそうだ。

「そ、そなたの飼い犬なのだな」

「はい。甲斐犬でございます。いえ、甲斐の犬ではございますが、飼い犬ではございませぬ」

なにを言っているのかさっぱりわからない。尾上の思考能力が吹っ飛んでいるからだ。

「樫丸は、真琴姫様の御身を守る番犬にございます」

「真琴姫様？　甲斐より参られた姫君だな。するとそこもとの身分は――あ、いや、申し遅れた。拙者は南町奉行所同心、尾上伸平と申す。お屋敷の外回りを警固する役儀を仰せつかった者だ」

「手前は真琴姫様付きの別式女、吹雪と申します」

　娘は犬を胸に抱いたままお辞儀をした。

「べ、別式女、というと、女武芸者か。そうは見えぬ。じつに可憐な……いや、その、ゴホゴホッ！」

「お救いくださいまして、ありがとうございました」

　吹雪が低頭して去ろうとする。尾上は慌てて、思わず、

「待て！」

　と叫んでいた。吹雪が怪訝《けげん》そうに振り返る。尾上は顔を真っ赤に逆上《のぼ》せあがりながら訴えた。

「あ、明日も、この時刻、ここで会わぬか」

「なにゆえにございましょう」

「それはそのう、拙者もそなたもこのお屋敷を守る役儀を負っておる。そこでじゃ、拙者は外回りで見聞きしたことをそなたに伝える。そなたは、お屋敷内で見

聞きした不審な出来事を拙者に伝えてくれ。屋敷の外と内とで通じ合っておれば、屋敷の警固も首尾よく進むと思うのだが……」

口から出任せにまくし立てると、吹雪はコクッと頷いた。

「あなた様のお役にとって、よろしいのであれば……」

「おうっ、承知してくれるか！　では明日、この時刻、ここで待つ！」

吹雪は一礼して身を翻《ひるがえ》した。屋敷の塀の台所門に向かう。数歩進んだところで足を止めて振り返った。

「江戸のお役人様は、厳《いか》めしい御方ばかりなのだと窺《うかが》っていました。あなた様のようなお優しい御方もいらっしゃるのですね」

吹雪の姿が台所門に消えた。尾上の顔が笑み崩れた。

「お優しい、だって！」

うふふ、うふふ、と笑いながら、飛び跳ねるようにして歩みだす。すれ違った武士たちが驚いた顔を向けてきた。もちろん尾上は気にかけてすらいない。

尾上は勇躍、南町奉行所に戻った。

「ただいま戻り申したぞ！」

濡れた足袋を脱ぎ捨てて詰所にあがる。文机に向かって日誌をしたためていると、申し訳なさそうな顔つきで玉木が擦り寄ってきた。

「すまんな、今日は俺が屋敷廻りの当番だったのに、朝から腹の調子がおかしくてな、厠《かわや》に籠《こ》もっておったのだ。いや、そなたに役目を押しつけるつもりなど、毛頭なかったのだが――」

「なんの！　役得の多寡《たか》で掛かりを選ぶ拙者ではない！　どんな役儀もやり甲斐《がい》のあるものばかりよ！　ハッハッハ！」

普段の尾上からは想像しがたい物言いだ。玉木は驚き、今度は村田に身を寄せた。

「どうしちまったんですかね、あいつ」

尾上は鼻唄まじりに日誌の筆を進めている。村田も首を傾げた。

「まさか、ハチマキの熱病がうつっちまったんじゃねぇだろうな……」

「八巻の様子もまったく変だし、いったいどうなっちまったんでしょう」

庭からは「ふん！　ふん！」と気合の声が聞こえだした。同心八巻（幸千代）が気合を籠めて木刀を振るっている。武芸の稽古だという。

南町奉行所で恐ろしいことが起こっている。玉木と村田の表情が引《ひ》き攣《つ》った。

＊

翌日。尾上伸平は踊り跳ねるような足どりで本多家下屋敷に向かった。

冷たい木枯らしが吹きすさんでいる。枯れ枝がビューピューと風に鳴っていた。にもかかわらず尾上だけは春風駘蕩《しゅんぷうたいとう》――という顔つきだ。

「吹雪殿、来ているかな」

もしかしてオイラを待っているかもしれない。モジモジしながら目でオイラの姿を探していたらどうしよう。

「ああ、どうしようかなぁ」

どうしようも何も、尾上が勝手に妄想しているだけなのだが、とにかく尾上は期待で胸がはち切れそうであった。

ところがだ、台所門の前に立っていたのはお目当ての娘ではなく、筋骨逞《たくま》しい男たち十数人であった。

「な、なんだ⁉」

尾上は少なからず驚いた。男たちは汚れた手拭いでほっかむりしている。着ている半纏《はんてん》も泥だらけ。筆頭老中の屋敷に相応《ふさわ》しい者たちではない。

可愛らしい娘の代わりに泥だらけの男たちがいたので激しく落胆した。しかし、と尾上は考え直して気を引き締めた。

「詮議《せんぎ》をせねばならぬな！」

素性を問い詰めて胡乱《うろん》な者どもであるなら厳しく叱りおく。凜々《りり》しくも勇ましい同心姿を吹雪に見せつける。吹雪は憧れの目で尾上をウットリと見るだろう。うむ。悪くない考えだ。

尾上は十手を抜いて男たちに突きつけた。声を掛けながら歩んでいく。

「者ども、そこでなにをたむろしておるかッ」

男たちが胡乱な目を向けてきた。尾上はさらに声を張り上げる。

「南町奉行所同心、尾上であるッ。本多屋敷の警固を役儀とする者だ！」

男たちが「へえ」と答えて低頭した。男の中の一人——一同の頭分《かしらぶん》らしい中年男が代表して答えた。

「あっしらは井戸掘りを職とする男衆《おとこし》でございやす。こちらのお屋敷から穴掘りのご用命を頂戴しまして、集まっております」

「なに？　井戸を掘るのか」

「なんだかわからねぇんですが、とにかく穴掘り職人が要《い》りようだってぇ、お話なんでございまさぁ」

「話は分かった。だが、身許はしっかりしておるのだろうな。職人に紛《まぎ》れて悪党が忍び込むことなど、あってはならぬぞ」

尾上はじっくりと順番に男たちの顔を見回した。すると、コソコソッと顔を伏せて人相を隠した男が二人いた。一人は大柄な体軀《たいく》。一人は小柄だ。尾上に見られぬように顔を背けて身を縮めている。じつに怪しい振る舞いだ。

「胡乱な奴！　その面《ツラ》、とっくりと見せよ！」

十手を突きつけながら二人に迫る。二人は困った様子で横目をチラッと向けてきた。

「あっ、お前たちは」

尾上は二人を知っていた。浪人、水谷弥五郎と売れない役者の由利之丞だ。尾上は二人のことを同心八巻の手下《てか》、密偵であると認識している。

「ちょ、ちょっと来い」

二人を人の輪から引き離す。井戸掘り衆には聞かれたくない話をするためだ。

「お前たち、八巻の指図で探りを入れにきたのか」

水谷弥五郎は実に面目のなさそうな顔で答えた。

「否《いや》、そうではない」

「隠し事をいたすな！　八巻は、この井戸掘りが怪しいと睨んでおるのだな。だからお前たちを寄越した。違うか！」

「左様な話なら、どれほど格好がつくことか……」

顔をしかめて唇を噛んだ水谷の代わりに由利之丞が答える。

「オイラたち、本当に穴掘りの賃仕事をするために来たんだよ。今のお江戸には、こんな仕事しかないんだ」

由利之丞と水谷が交互に語って、愚痴をこぼす。

「なにしろみんな、財布の紐が固いのでな」

「小判の値崩れが酷《ひど》いだろう？　店に入る前には一両の値札がついていたのに、いざ、精算しようとすると『一両二分だ』なんて言われるのさ。店に入った時と出る時とではそれぐらい、小判の値が下がってるんだよ」

「一両の小判で買えた物が買えぬ。となれば金持ちたちは買い物を控える。金《きん》の相場が下がっている時に小判を使うのは損だからな」

「お金持ちがお金を使ってくれなかったら、オイラたち貧乏人の懐にも銭が入ってこなくなるよ。芝居小屋や茶屋でも、客足が遠のいてるんだ」

「商談のために大金を持ち歩く商人もおらぬ。大金を持ち歩かぬのであれば用心棒を傭《やと》う必要もない。用心棒稼業の浪人たちも仕事を失くして青息吐息だ」

尾上は袖の中で腕を組んだ。

「お前たちも難儀なことになっておるのだなぁ」

「オイラたちだけじゃないよ。江戸中のみんなが困ってるんだ。ねぇ尾上様、なんとかしておくれよ」

「俺に言われたってなぁ。一介《いっかい》の同心に小判の相場を操れるわけがない。そういったことは三国屋にでも頼め」

由利之丞はさめざめと涙を流し始めた。

「力仕事なんかして、大事な顔に傷がついたらどうしよう……。泥まみれの姿なんか、ご贔屓筋には見せられないよ……」

尾上は首を傾げる。

「お前に、ご贔屓なんかついているのか？」

「ついてるよ！」

そこは譲れない一線らしい。

台所門が開いた。本多家の家士が「井戸掘りの者ども、入りませィ」などと居《い》丈高《たけだか》に叫んでいる。尾上は二人を促した。

「仕事が始まるぞ。頑張って稼いでこい」

「やれやれ。どうしてこうまで落ちぶれちまったんだ……」

由利之丞が涙を拭いながら歩きだす。その肩を水谷が優しく撫《な》でて励ましている。尾上は二人の姿を見送った。

「……ま、あの二人なら、どう転がったって生きていくだろう」

野良犬よりも生命力の逞しい二人だ。

入れ違いに門の中から娘が出てきた。

「おっ、吹雪殿」

尾上は笑み崩れそうになったところで慌てて踏み止まり、キリッと厳めしい顔を整えた。

「吹雪殿、お屋敷内で井戸を掘るようにござるな。拙者、職人たちの人別《にんべつ》を検《あらた》め申したぞ」

吹雪は低頭して答えた。

「お役目、ご苦労さまにございます」

「ただ今のところは怪しい者はおらぬようだが、油断はならぬ。江戸に出稼ぎに来た者たちの中には贋の手形で生国《しょうごく》を偽る者も多い。ますますもって、連絡を密にする必要がありましょうな」

「町奉行所の皆様にはお手数をおかけいたします」

「なんの！　これが拙者の役儀！」

尾上は実に良い気分だ。

「ところでの、吹雪殿。隣町に、昨今評判の甘味処があるのだが……」

「甘味処？」

「うむ。江戸に出てきたばかりの吹雪殿に、江戸の味覚を楽しんでもらおうと思うてな。これからご一緒にいかがか」

「えっ、でも……」

「慣れぬ江戸じゃ。一人で出歩くのは危《あや》ういぞ」

「わたしなら大丈夫です」

武芸の腕前を侮《あなど》られたと思ったのか、吹雪は少し頬を膨らませた。尾上は慌てた。

「いや、吹雪殿の武芸のほどを疑っておるわけではない。この拙者が、一人で行くのは心細いと思っておるのだ。甘味処とは申せ、いかなる凶賊が潜んでおるやもわからぬ。一緒についてきてくれぬか」

吹雪は噴き出した。

「面白いお役人様」

結局二人は連れ立って甘味処に入った。尾上の勧めで吹雪は善哉《ぜんざい》を食べた。

「おいしい！」

パッと笑みが弾ける。別式女といえども年頃の娘。甘い物には敵《かな》わない。ついつい素に戻ってしまう。

「江戸のお人は、こんなに美味《おい》しい物を食べているのですね！　江戸に出てきてよかった！」

尾上も「うんうん」と頷く。江戸に出てきてくれて、拙者も嬉しいぞ、と心の底から思った。

甘味処の前をたまたま通り掛かった武士がいた。

なんとなく店の中に目を向けて、ハッと顔つきを変える。

「あの娘、まさか……！」

物陰から吹雪の様子を窺う。甘い物に夢中の吹雪と、吹雪の美貌に夢中の尾上は油断だらけだ。外の男にはまったく気がつく様子もない。

「間違いない！　あの娘め、江戸に出てきておったのだ！」

武士は物陰から執拗《しつよう》に、吹雪の様子を窺い続けた。

四

その頃。出雲守の下屋敷では、ちょっとした悶着《もんちゃく》が発生していた。

井戸掘りのために集められた男たちが憤懣《ふんまん》を顔に出している。頭分の男が逞しい腕を袖捲《そでまく》りして息巻いた。

「横穴を掘るなんて話は聞いちゃいねぇ！　そんな剣呑《けんのん》な仕事が請け負えるもんかよ！」

別の男衆が訴える。

「オイラたちは井戸掘りだ。縦に穴を掘る技は心得ちゃいるが、横に掘り進む技は持っちゃいねぇ」

さらに別の一人が頷いて同意する。

「縦穴は滅多に崩れねぇ。だけんど、横穴の天井はすぐ崩れる。オイラたち全員が生き埋めになっちまうぞ！」

「剣呑な仕事だと知らせずにオイラたちを集めるなんて、人が悪すぎるぜ！」

そうだそうだと皆が同意した。詰め寄られているのは本多家の家士。先ほど門を開けた侍だ。取り囲まれてしどろもどろになっている。

「秘密にしたのにはわけがある！　世間に知られてはならぬ仕事なのだ。聞き分けてくれ」

「こっちは命がかかってるんだ！　生き埋めになること間違いなしの話なんざ、聞き分けられるもんかよ！」

館の裏手から一人の若い男がやってきた。いきなり、皆に向かって大声を放った。

「生き埋めにはならねぇ。俺には知恵も技もある」

皆が一斉に男を見た。頭分がジロリと目を剝いた。

「なんだァ若造？　大口を叩きやがって！」

若い男は負けじと険しい面相だ。

「いかにも俺は若い。だけどな、俺には、家に代々伝わる技があるんだ。俺の名はトキゾウ。甲斐の金山掘りの八代目だ」

「甲斐の金山掘り、山師だと？」

皆の顔つきが一斉に変わった。土を掘る職人たちにとって、甲斐の金鉱職人は畏敬《いけい》の対象。伝説的な存在だ。山を掘り抜く高度な技を伝える者たちだからだ。

たちまちにして静まり返った男たちをトキゾウはじっくりと見回した。

「今からこの仕事は俺が宰領《さいりよう》(現場監督)を務めさせてもらう。横穴の天井は梁《はり》と柱で支えて崩落を防ぐ。もちろんそれでも剣呑な仕事だということはわかっている」

トキゾウは庭に置いてあった木箱の蓋《ふた》を開けた。皆が目を向けて「おおっ」と声を上げた。黄金色《こがねいろ》の小判がいっぱいに詰め込まれていた。

「給金は小判で払う。……無理にとは言わねぇ。気が進まねぇ奴は帰ってくれていいぜ」

男たちは顔を見合わせた。小判の値打ちが下がっているとはいっても、彼らにとっては目の眩《くら》むような大金だ。皆で小声で相談する。

「どうする？」

「野郎は若《わけ》ぇが、老中様のお屋敷の仕事を請け負ってるんだ、まんざら法螺《ほら》吹きでもねぇだろう」

よし、やろう、ということになって、皆で鋤《すき》を手にした。

由利之丞は水谷弥五郎に囁きかけた。

「本当に大丈夫なのかい？　オイラ、生き埋めは嫌だよ」

「皆が『やる』と言っておるのだ。大丈夫なのだろう。……多分な」

素人の二人には判断のしようもない。ともあれ小判は欲しい。逃げ帰るつもりはまったくなかった。

＊

日が西に傾いている。今日の仕事は終わりだ。皆、道具を片づけている。

「ああ、もう、精根尽き果てたよ。草臥《くたび》れた。死んじゃいそうだ」

由利之丞が恥も外聞もなく愚痴をこぼしている。

「たいした仕事など、しておらぬではないか」

水谷が慰める。力仕事のほとんどは水谷が代わりにやってあげた。

「陽の短い季節だからな、まだしも楽だぞ。これが夏場であってみろ。陽は長い、蒸し暑い。疲れ具合は比べ物にならぬ」

江戸の労働は早朝に始まって夕刻に終わる。一日の賃金は同じなのに冬場のほうが労働時間が短い。

際限なく愚痴をこぼす由利之丞と、ニヤけながら慰める水谷の横をトキゾウが無言で通りすぎていく。ふたりはまったく気づかない。

そのトキゾウの後ろ姿を物陰から凝視する娘の姿があった。吹雪だ。トキゾウは門を抜けて出ていく。吹雪はギュッと拳を握りしめると、トキゾウの後を追《つ》けはじめた。

＊

トキゾウは一軒の仕舞屋《しもたや》の前に立った。板塀の扉を叩く。扉が開いて、鯔背《いなせ》な江戸っ子風の男が顔を出した。トキゾウを見てニヤリと笑った。

「旦那がお待ちだ。入《へ》えりなせぇ」

鯔背な男、弥市《やいち》が扉を大きく開けた。

座敷で男が待っていた。裕福な商人の身なりで床ノ間を背にして座っている。顔は覆面で隠している。トキゾウのパッチ（股引《ももひき》）は穴掘りの泥で汚れていた。トキゾウは畳を踏むのを遠慮して廊下の床板に正座した。

男は覆面を取った。住吉屋藤右衛門であった。横目でトキゾウを一瞥《いちべつ》した。

「首尾はどうかね」

「上手《うま》くいっている」

トキゾウは陰鬱な表情でボソリと答えた。懐から折り畳まれた紙を出して弥市に渡す。受け取った弥市はその紙を大きく広げて藤右衛門の膝の前に広げた。藤右衛門が覗《のぞ》き込み、トキゾウが説明する。

「本多家下屋敷の地の底に掘る穴の図だ」

本多屋敷の図面である。大工が測量して作図した建築設計図で、建物の大きさと形状、土台の柱がすべて書きこまれている。

今日から掘り始めた縦穴の場所から横に朱色の線が引いてあった。その線は、屋敷の書院の真下を通っていた。

「抜け穴は掘割に通じるように掘る、と、本多屋敷には伝えてある。だが本当は書院御殿の真下に向かって掘り進める」

藤右衛門は図面に目を通しながらトキゾウに質《ただ》す。

「それで？　どうやって若君を殺したてまつるのかね」

「抜け穴を掘るという建前で、御殿の真下に大穴を掘り、火薬《ひぐすり》を仕掛けて爆破する」

「なんと！　だが、建物を吹き飛ばすほどの火薬となると、運び込むのは、難しかろう」

「建物を吹き飛ばす必要はない。柱の四、五本を倒しさえすれば御殿全体が倒壊するんだ。幸千代は柱や梁や壁の下敷きになって死ぬ。御殿の屋根には重い瓦がのっている。屋根が落ちてきたら、とうてい助かりはしねぇんだ」

「なるほど。火薬で吹き飛ばすのではなく、建物を崩して殺す、か」

藤右衛門は「だが」と懸念を示した。

「書院御殿は幸千代の御座所《ござしょ》だ。その真下に穴を掘るなど、許されようもない」

トキゾウは「ふん」と嘲笑《あざわら》った。

「どこを掘っているのか、横穴掘りの経験に乏しい井戸掘り衆にはわからねぇ。ましてや、地上にいる連中にわかるはずもねぇ。本多屋敷の連中は、御殿の真下は避けて掘割に向かって掘っていると信じているのさ」

トキゾウは図面を畳んだ。

「十日の内には仕掛けができる」

「幸千代の命は、あと十日か……」

藤右衛門は、妖怪のような不気味な表情となって笑った。トキゾウの顔色は陰気なままだ。

「だけどな、この策も絶対だとはいえねえ」

「どうしてだ？」

「幸千代が御殿を離れている時に御殿を崩しちまったら、なんにもならねえ。幸千代が御殿にいる時を見計らって火薬をつけねばならねえんだ」

「そんなことなら、案ずるには及ばん。わしの娘を使おう。将軍家からの使いが来たならば、幸千代は御殿で迎えねばならぬ。すかさずそこで御殿を崩すのだ。亡骸《なきがら》の検分は娘にやらせよう。確実に息の根が止まったことを確かめさせねば、我らも安堵《あんど》できぬからのう」

無惨に潰れた死体を娘に調べさせようというのか。藤右衛門という男、やはり大悪党の怪物だ。

＊

晩秋の陽は短い。辺り一面が夜の闇に包まれようとしている。木戸番の親仁がやってくる。道端の常夜灯に火を入れて、戻っていった。

仕舞屋の板塀と戸が照らされた。掘割の土手に植えられた柳の幹の陰から戸口を凝視している娘がいる。吹雪だ。

(トキゾウさんは、確かにあそこに入っていった……)

出てくるのをじっと待つ。トキゾウに会いたい。会って話したいことがたくさんあった。

その時であった。

「娘」

背後から声を掛けられた。驚いて振り向く。闇の中にひとりの侍が立っていた。その険しい形相を、真横から灯火が照らしていた。

「笛吹《ふえふき》郡山田《やまだ》村の娘、お雪だな？　今は別式女の吹雪を名乗っておる。調べはついたぞ」

「あ……あなた様は」

男はズンッと踏み出すと、腰の刀に手を掛けた。鯉口《こいぐち》を切る。刀を抜こうという体勢だ。

「拙者の名は滝口兼次郎《たきぐちけんじろう》。甲府勤番山役人、滝口吉太郎《よしたろう》の弟だ！」

吹雪はハッと息を飲んだ。それを見て滝口はさらに激昂《げっこう》した。

「顔色を変えおったな！　我が兄、吉太郎を殺したは、やはりお前か！　兄の仇《かたき》、この場で斬り殺してくれようぞ！」

刀を抜いていきなり斬りつけてきた。

吹雪は咄嗟《とっさ》に跳躍した。からくも斬撃を避ける。武芸を身につけていなかったら、一撃で斬り殺されていただろう。

滝口は刀を構え直す。

「なかなかやりおるな！　だが、わしは兄とは違うぞ。兄は武芸不心得者《ふこころえもの》であったが、このわしは剣術免状持ちだッ。ドリャアッ！」

怒りに任せて斬りつけてくる。吹雪はさらに後ろに跳んだ。一太刀、二太刀、斬撃をかわす。逃げ場を失って掘割の底に飛び下りた。幸いにして水量は少ない。

滝口も飛び下りる。飛び下りながら斬りつけた。吹雪は逃げようとして、泥に足を取られて転んだ。それを見た滝口は口をカッと開けて笑った。

「死ねぇ！」

必殺の斬撃を振り下ろそうとした、その瞬間、

「グエッ！」

滝口の動きが止まった。身を仰《の》け反《ぞ》らせ、驚きの表情を浮かべている。片手で

自分の首を搔《か》きむしった。

その首には黒い縄が巻きついていた。縄は掘割の上から延びている。トキゾウが縄を握っていた。

「お前《め》ぇの兄貴を殺したのは、オイラだよ」

トキゾウはグイッと縄を引く。滝口の首がきつく締まる。滝口は悶絶しながら刀を振って、縄を断ち切ろうとした。刃を打ちつけるが縄は切れない。

「切れねぇだろう。この縄は坑道の柱や梁を縛る縄だ。土の重みがのしかかっても切れやしねぇのさ」

「ぐえええっ！」

滝口は『おのれ』と罵《ののし》ったのかも知れない。しかし言葉にならない。白目を剝いて倒れた。掘割の泥水に顔を沈めて絶命した。

トキゾウが飛び下りてくる。吹雪は叫んだ。

「トキゾウさん！」

トキゾウは陰鬱《いんうつ》な面相で縄を解いてたぐっている。

「なんでお前ぇが江戸にいるんだ……」

「あんたこそ、どうして！」

「俺は、仕返しをするためにやってきたんだ」

トキゾウは縄を束ねて懐に入れた。滝口兼次郎の着物を剝《は》ぎ始めた。

トキゾウは長屋の戸を開けた。

「俺の塒《ねぐら》だ。世話をしてくれるお人が用意してくれたんだ」

長屋の中には薄い布団の他には何もない。畳も敷いておらず、床板の上に莚《むしろ》を広げてあるだけであった。

トキゾウは床板の一枚を外すと、滝口の着物と刀を縁の下に投げ込んだ。

吹雪は後ろ手に障子戸を閉めた。

「トキゾウさん――」

「なにも言うんじゃねぇ！」

トキゾウの背中には厳しい拒絶の色がある。

「俺は、大事な話があるから、お前をここに連れてきたんだ。……お前は本多家の下屋敷で働いているのか」

トキゾウが振り返る。吹雪は頷いた。

「真琴姫様をお守りする役目に就いているの」

「すぐに屋敷を離れろ」

「どうして」

「俺は御殿ごと幸千代を倒す。御殿にいたならお前まで巻き込まれる」

トキゾウは床下に隠してあった木箱を取り出した。

「火薬だ。これを使う」

「どうして、そんなことを！」

「徳川の奴らに仕返しをする。俺たち甲斐の者たちが、徳川から受けてきた仕打ちを忘れたか！　武田の遺臣も、金山の山師たちも、いいように使われて捨てられた！　今も甲斐では甲府勤番の不逞旗本どもが我が物顔の悪行三昧《ざんまい》だ。それはお前がいちばんよく知っているはずだろう！」

吹雪は悲鳴をあげて頭を抱え、うずくまった。辛い記憶が蘇《よみがえ》る。

＊

暗い坑道の中、男たちの数人が重い木箱を運んでいた。足元も壁も剝き出しの岩だ。天井を支える木組みの柱には鉄の燭台が打ち込まれ、蠟燭《ろうそく》が赤い炎を揺らしていた。

「来たか。そこに置け」

羽織袴姿の武士が床几《しょうぎ》にドッカリと腰を下ろしている。甲府勤番山役人の滝口吉太郎であった。

木箱は滝口の前に置かれた。蓋が外される。中に詰められてあったのは碁石大の黄金だ。眩《まばゆ》い光を放っている。滝口はニヤリと笑った。

「武田の遺臣どもめ、よくもこれだけの金《きん》を隠し持ったものよな。よもや、公儀の転覆を策しておったのではあるまいな」

箱を運んできた男たちが滝口の前で膝をついた。代表して白髪の老人が答える。

「これらの金は、甲府金座の再興のために掘り当てたもの。公儀に仇《あだ》なすなど、以《もっ》ての外《ほか》にございます」

「どうだかわからぬ」

滝口は箱の中に片手を突っ込んで、碁石金を鷲掴《わしづか》みにした。そのまま自分の袖に入れる。老人たちが動揺した。

「なにをなさいます！」

滝口は悪びれた様子もない。

「口止め料だ。安いものだろう。フン！　甲府金座の再興だと？　貴様たち甲州者は江戸の公儀の命《めい》に従っておれば良い。江戸金座のために金を掘ればそれで良いのじゃ。江戸金座と張り合おうなどと企むことそのものが謀叛《むほん》に等しい！」

「無体な……」

「なにが無体か。金を隠し持っておることが江戸に知れれば、そのほうどもは皆、死罪じゃ。それでは可哀相だと思うたからこそ内密にしてやるのだぞ。わしの温情をなんだと思うておる」

老人たちは悔し涙を堪《こら》えるしかない。

そこへ一人の娘が茶を盆にのせてやってきた。給仕である。一目見るなり滝口の目が卑しく光った。獲物を狙う蛇のような笑みを浮かべた。

「粗茶にございます」

茶を勧めて、お雪は滝口吉太郎の前から下がった。

悲鳴をあげてお雪が走る。甲斐の山中だ。藪《やぶ》をかき分けて滝口吉太郎が追ってくる。

「逃げるでない！　隠し金のことを江戸の公儀に伝えてもよいのかッ」

滝口がお雪に飛び掛かり、押し倒した。無理やりに着物の衿《えり》を広げにかかる。

お雪は抗《あらが》うけれどもまだ少女。男の力には敵わなかった。

「口止め料じゃ。黙って身体《からだ》を差し出すがよい。長老どもの振る舞い、公儀にも、江戸金座にも、黙っておいてやる！」

滝口の手がお雪の着物の帯に伸びた。その時。

「ぐっ、ぐわっ……！」

滝口吉太郎が身を仰《の》け反《ぞ》らせて悶え始めた。首を掻きむしっている。縄がきつく巻きついていた。

トキゾウが縄を締め上げる。滝口の背中に足を掛け、力任せに引き絞った。

滝口は死んだ。坑道にいた長老が駆けつけてきて死体を確認した。

お雪とトキゾウに目を向ける。話を訊かなくても、なにが起こったのかはわかった。

「お前たちは名を変えて生きろ。この村に留まることは許さぬ」

滝口の袖を探り、奪われた碁石金を取り戻すと、二人に握らせた。

「当座の金だ。ひとまずは大井御前様を頼るが良かろう」

せめてもの温情を見せると、二人に「行けッ」と厳しく命じた。

江戸の長屋。闇の中にトキゾウがうずくまっている。

「公儀は、俺たちから奪うだけ奪い、搾り取るだけ搾り取っていく。江戸金座の連中も同じだ。俺たち甲斐の金山衆のことを虫けらのように思っていやがる。今の公儀が続く限り、甲斐の者は一生、浮かばれねぇ」

トキゾウの目がギラリと光る。

「だから俺は、徳川家を潰す。幸千代が死ねば徳川の跡取りは絶える。尾張《おわり》様か水戸《みと》様か、それはわからねぇが、新しい将軍家がお立ちになるんだ。幸千代を殺せば新しい上様が俺たちに目を掛けてくださる。そういう約束なんだ」

「幸千代様を育てたのは大井御前様！　甲斐の者の恩人じゃないの！」

「仕方がねえんだ！」

トキゾウは吹雪の手を握った。

「横穴が書院御殿の下に達した時、俺は火薬に火を点《つ》ける。お前ぇは決して、御殿に近づくんじゃねぇぞ。わかったな！」

吹雪は返事ができない。トキゾウは吹雪を抱きしめて押し倒した。

五

翌日。掘割に死体が上がった——という報せが、南町奉行所に届けられた。同心たちが門から駆け出していく。

銀八はヒィヒィと喘《あえ》ぎながら走る。幸千代は恐るべき健脚だ。

「天狗様みてぇな走りっぷりでげすよ」

卯之吉はナメクジのように足が遅くて、急《せ》かして走らせなければならない。それはそれで面倒なのだが、幸千代を追いかけるよりはずっと楽な仕事だった。

現場はすでに黒山の人だかりで近在の大番屋から駆けつけてきた番太郎たちが六尺棒を横にして捌いていた。

「退《ど》け、退けッ、南町奉行所の出役《でやく》だ！」

幸千代は野次馬たちを叱責し、道を空けさせた。

（ウチの若旦那より、ずっと同心様らしく見えるお姿でげすが……）

調べや詮議を無事に務めあげることができるのか、まったく疑わしい。銀八の心配の種は尽きない。

骸《むくろ》は掘割の泥の中に顔を伏せて倒れていた。身の半分が水に浸かっている。身ぐるみ剝がれた裸の姿だ。なぜか髷《まげ》が解かれてザンバラになっていた。

幸千代が死体を睨みつけている。

「銀八、検分をいたせ」

やはり、検屍《けんし》の心得も、知識も、もっていないようだ。

（やっぱり……あっしが検屍を務めるんでげすか）

銀八は泣きたい思いで死体の前に屈み込んだ。幸千代が肩ごしに覗き込んできた。

「この者は殺されたのか。それとも別の理由で死んだのか」

（そこを見極めるのが同心様のお仕事でげす。小者《こもの》に訊くことじゃねぇでげす）

野次馬たちが見ている。幸千代には、おかしな物言いはしてほしくない。卯之吉の評判が下がってしまう。

尾上と村田も駆けつけてきた。村田は幸千代の姿を見つけて驚いている。

「ハチマキが俺より先に着いてるってのは、どういうことだよ」

かけっこでは誰にも負けない自信がある。こういう事態に直面すると村田はまるで子供だ。怒る、膨れる、拗《す》ねる。

もう一人の駆けつけてきた同心、尾上は、皆の前を走り抜け、死体の前に屈み込んだ。

「おう、これが報せにあった骸かい！　首には縄で絞められた痕《あと》がある。だが、首吊りにお誂《あつら》え向きの木は生えちゃいねぇ。こいつは殺しと決まったぜ」

村田はまたしても驚いた。

「あいつまで、いったいどうしちまったんだ」

いつもの尾上は『死体などには近づきたくもございません』という態度だ。

幸千代が鋭い目を向けて尾上に質す。

「首吊りに相応《ふさわ》しい木がないとはいえ、殺しと決めつけるは早計であろう。別の場所で自死した者を、他の誰かが、ここに投げ捨てたのかもしれぬ」

「お前ぇもまだまだ場数が踏み足りねぇな。この首の傷を見てみろぃ。首の縄を解こうとしてかきむしった痕だ。覚悟の自死なら、縄を解こうとはするまいよ」

尾上は「ふふん」と得意げに鼻を鳴らして検屍を続ける。

「着物がひん剝《む》かれ、髷が解かれているのは、骸の身分がわからねぇように、という工夫だろう」

髷の形や着物を見れば、おおよその身分が判別できる。徳川幕府は武士と町人とで髷の形や着物を変えさせていた。

「おっと、腕に彫り物（入れ墨）が入れてあるな」

尾上が指摘する。不気味な鬼の面の絵柄だ。幸千代も「うむ」と頷いた。

「このような悪趣味な絵を彫り込むのは、無頼《ぶらい》の者であろう」

「いいや、こいつは武士だ。手に竹刀胼胝《しないだこ》がある。よっぽど熱心に剣の修行をしたのに相違ないぜ」

「歴《れっき》とした武士が、彫り物など入れるものか」

「オイオイ、評判の八巻様もずいぶんと見立てが甘いねぇ。この彫り物はな、先に彫った墨を隠すために入れたものさ」

尾上は彫り物に顔を近づけた。

「おちか、だ」

「なにがだ」

幸千代も覗きこむ。二人で死体の前に屈み込む。

「鬼の面で塗り潰したようになっているが、うっすらと、おちか、の三文字が読める。鬼の面を彫る前にこの腕には、おちかの三文字だけが彫られていたんだ」

「どういうことだ」

「お前もずいぶんな野暮だねぇ。惚れあった男と女が、互いの肌に互いの名前を彫り込むのさ。肌に名前を彫っちまったら一生消せねぇ。他の相手とは婚姻できねぇ。つまり〝二世《にせ》の契りを誓う彫り物〟ってことだぜ」

お前以外の女とは寝ない。あんた以外の男には身を任せない。そういう約束で互いの名前を刻む。江戸時代には身分制度の差別があった。武士と遊女は結婚できない。だからこそこういう形で永遠の愛を証明するのだ。

「だけどよ」と尾上は続ける。

「そんなのは、たいがいが若気の至りだ。武士の男は、親や上役が決めた縁組は断れねぇ。馬鹿なことをしたと悔やむ男もいっぱいいる。するってぇと腕の彫り物が邪魔になる。そこでだ。派手な彫り物を重ねて、女の名前を消すんだよ」

骸の前で屈んで熱心に検屍する二人を、玉木が動揺した様子で見ている。横に立つ村田に向かって思わず訊ねた。

「どうしちまったんですかね、あの二人」

同心が検屍をするのは当たり前の光景なのだが、この二人に限っては異常だ。村田も腕を組んで首を傾げている。尾上は検屍を続ける。

「この骸は武芸達者で歴とした武士。だが遊女と惚れあう遊び人だ。相手の女の名は、おちか。よし！　吉原《よしわら》、深川《ふかがわ》、千住に品川《しながわ》、あるいはどこかの岡場所か。

しらみ潰しに当たってゆけば、おちかを見つけ出すことができるだろうぜ。よし！　八巻、お前は深川に探りを入れろ。俺は吉原を当たる」

「心得た」

二人は奮然として立ち上がると、深川と吉原に向かって駆けていった。

玉木は顔を引き攣らせている。

「村田さん、どうしましょう。あいつらを放っといて大丈夫なんですか」

「どうしましょう、じゃねぇだろ。お前は千住を当たれ。おちかって女を見つけ出すんだ。行けッ」

今日の検屍を尾上に仕切られてしまったので、村田の機嫌も悪い。

＊

三右衛門が率いる荒海一家の表稼業は口入れ屋である。江戸の町では俠客の一家であろうとも表看板の仕事を構えていなければならない。

暖簾を払って幸千代が店の中に踏み込んできた。同心の姿だ。代貸《だいがし》の寅三《とらぞう》が目敏く気づいて寄ってくる。幸千代の前で頭を下げる。卯之吉だと思い込んでいる。

「いらっしぇやし」

幸千代は口入れ屋の店先をジロリと一瞥し、子分たちを順に睨みつけてから訊いた。

「三右衛門はおるか」

「へい。奥におりやす」

「上がらせてもらうぞ」

腰の大刀を抜くと寅三に向かって突き出す。他人の家に上がるときには、刀をいったん預けるのが作法だ。寅三は慌てて懐から手拭いを出して、手拭い越しに受け取った。摑む場所は鞘だが、鞘といえども素手では触らぬ作法である。

幸千代は遠慮なくズカズカと進んだ。子分たちが今頃になって「いらっしぇやし」と挨拶する。幸千代の気迫に押されて声も出せない状態だったのだ。

続けて銀八が「ごめんなさいよ」と上がろうとした。寅三が袖を摑んで止めた。

「八巻の旦那は、急にどうしちまったんだい。別人みてぇだ」

別人なのだが、教えることはできない。

「ちょいとしたわけありでげして……。ごめんください」

気の利いた作り話で誤魔化すこともできずに、銀八は逃げるようにして奥座敷に向かった。

「おちか、ですかい」

三右衛門は長火鉢を前に据えて不敵な態度で座っている。幸千代が将軍家の跡継ぎであることを知っているが、武士の権威にひれ伏すような男ではない。口入れ屋は大名屋敷に小者や女中を紹介することもある。給金の掛け合いもするのだ。武士を恐れていては務まらない。男の中の男だけができる仕事だ。

幸千代は「うむ」と頷いた。

「深川芸者の中にはいないようだ。菊野《きくの》に当たってもらった」

「なるほど。あの姐《ねえ》さんが『知らねぇ』と言うんなら、深川にはいないんでしょうな」

「吉原も、四郎兵衛会所《しろべえかいしょ》に問い合わせたが、その名の遊女はおらぬようだ」

吉原は遊女の身許をすべて掌握し、源氏名と本名を名簿にしてある。

江戸近郊の四宿《ししゅく》――東海道の品川宿、日光街道の千住宿、中山道の板橋《いたばし》宿、甲州街道の内藤新宿《ないとうしんじゅく》――も遊里として有名だが、宿場役人と地元の俠客一家が遊女の身許を掌握している。

「四宿にもいなかったんですかえ」

話を聞いて三右衛門は顎を撫でた。

「するってぇと、最後に残るのは岡場所か」

岡場所とは、正規の認可を受けずに営業する悪所《あくしょ》のことだ。幕府の法度《はっと》に背く犯罪である。罪を罪とも思わぬ質《たち》の悪いヤクザ者が経営している。

「なるほどな。こっから先の詮議は、町奉行所のお役人には務まらねぇ。蛇《じゃ》の道は蛇《へび》。あっしらの領分だ」

三右衛門はギロリと幸千代に目を向けた。

「ようがす。あっしが見つけ出してご覧に入れやしょう。ただし！」

「ただし？　なんだ」

「若君様への奉公で働くわけじゃねぇ。八巻の旦那へのご奉公で働かせていただくんだ。八巻の旦那が詮議を受け持った一件で、若君様にドジを踏まれちゃあ困る。八巻の旦那の名声が下がっちまうからな。それじゃあ困るから、若君様に手を貸そうってんだ。そこんところを、よぅく弁《わきま》えといていただきてぇ」

不敵を通り越して挑発しているとしか思えない。後ろで見ている銀八は泡を食ってうろたえている。

「雑言《ぞうごん》、許さぬぞ」

幸千代も憤激する。三右衛門と睨み合い、眼光と眼光で火花を散らした。

「こっちもだ。八巻の旦那の面目を潰しやがったら、若君様でも許さねぇ」

いまにも斬り合いの始まりそうな殺気。二人から放たれる気によって銀八の鬢《びん》がビリビリと震えた。

やがて幸千代は「ふんっ」と鼻を鳴らした。

「左様ならば、八巻のために粉骨砕身《ふんこつさいしん》いたせ」

腰を上げると座敷を出る。

「それじゃあ親分、なにとぞよしなに……」

銀八は泣き顔で「へこへこ」とお辞儀をして後に続いた。

幸千代は一家の子分に見送られて表道に出た。見上げれば晩秋の青空だ。

「八巻め、良い家来に守られておるな」

憎々しげな怒り顔が、一瞬、フッと緩んだ。少し寂しそうな笑顔に見えた。

＊

下屋敷の庭を甲斐犬の樫丸が走り回っている。ひっきりなしに鳴き声をあげていた。

卯之吉は庭に下りた。樫丸に歩み寄る。

「どうかしたのかい、落ち着きがないねぇ」

頭を撫でてやる。樫丸は少し、大人しくなった。

御進講していた老蘭学者もやってくる。

「何かを感じ取っておるのやも知れませぬぞ。犬の耳や鼻は良く利きますので」

「深い穴を掘っているって聞いたからね、そのせいかね」

卯之吉は庭に置かれた手水鉢《ちょうずばち》を見た。水が張ってある。誰も触っていないのに細かい波紋が立っていた。

「人には気づくことができないけど、鋤や鍬《くわ》を打ち込む時に地面が揺さぶられているんだねぇ」

蘭学者は「うむうむ」と頷いた。

「若君様、さすれば、ひとつ御進講を申しあげます」

「何を教えてくれるのかね」

「地震を計る方法にございます」

蘭学者は本多家の家士に命じて棒を三本持ってこさせた。一方の端を縛って、三叉《みつまた》にして立てる。頂点から紐がぶら下げられて、その先端には筆が取りつけられた。

紙が真下に敷かれる。筆の先端が振り子のように揺れて、紙に線を引いた。

「地震は、震源から波紋のように広がりまする」

「池に石を投げ込んだみたいに、かい？」

「仰せの通り。波紋の中心、それが震源だとお考えください。あのようにして筆を下げておけば、地震の際には震源から外に向かって筆が振られて線が引かれまする。これによって震源の方角を知ることができるのでございます」

「つまり、あの三叉をいくつも立てておけば、穴掘りをしている場所も摑めるってわけだ。地面の底を覗かなくても、地面の上からでもわかるんだね」

思い立ったら実践しないと気が済まないのが卯之吉だ。屋敷の庭中のあちこちに三本棒の三叉が立てられ、紐で筆が下ろされ、風で揺れないように風除《かぜよ》けの陣幕まで張りめぐらさせた。本多家の家来たちは卯之吉のことを将軍の弟だと信じきっている。命じられるがままに走り回った。

「いったい、何事です！」

大井御前が血相を変えてやってきたが、卯之吉はまったく気にする様子もない。

＊

それから数日が過ぎた。

尾上伸平は今日も本多家下屋敷の門前に立っている。おちかなる遊女を見つける仕事があったが、それは遊里を仕切る顔役に任せておけば良い。

それよりも吹雪のほうが重大事だ。今の尾上は吹雪の顔を見ないことには一日が始まらないほどになっている。

目の前を大八車が通っていく。運ばれているのは土を詰めた俵。穴掘りで出た土だ。呆れるほどに大量の土が運び出されていった。

「ずいぶんと深い穴を掘っているのだなぁ」

屋敷から出ていく物に関しては、詮議はいらない。しかし運び込まれる物については、厳しく検《あらた》めなければならない。凶器や毒物などの搬入を許せば、若君のお命が危ういのだ。職工たちが持ち込む道具箱や頭陀袋《ずだぶくろ》を開けさせて、中身を検めた。

若い男がやってきて門を通り抜けようとした。尾上が呼び止めると男は低頭して挨拶した。

「穴掘りを宰領するトキゾウにございます。お通しを願いやす」

尾上もすでに見覚えている。呼び止めたのはあくまでも形式だ。

「通ってよし」

続いて水谷弥五郎と由利之丞がやってきた。面目なさそうに顔をほっかむりで隠している。尾上は苦笑して、

「通って良いぞ」

と言った。

御殿の台所から吹雪が出てきた。トキゾウは目で合図する。二人は植え込みの陰に入った。

トキゾウはチラリと門を振り返る。憎々しげな目を尾上に向けた。

「あの同心め、どういうつもりだ。毎日毎日、門を見張っていやがる」

警戒が厳重に過ぎる。もしかして何かを嗅ぎつけられてしまったのか。いずれにしても、これでは火薬を持ち込むことができない。

「門前から引き離すことは、できねぇものか」

吹雪は俯《うつむ》いた。ポツリ呟く。

「あのお役人様は、あたしの顔を見るために、やってきてるんだと思う……」

年頃の娘だ。男の振る舞いの意味を推察できないはずがない。

「なんだと。お前に気があるってのか」

「だってあのお役人、あたしを甘味処に誘うもの……」

トキゾウは険しい面相になったが、すぐに何事か、思いついた顔つきとなった。

「よし、今日もその誘いに乗ってやれ。奴を門前から引き離すんだ」

「まさかトキゾウさん、その間に火薬を……」

「そうだ。屋敷に運び込む。積年の怨《うら》みを晴らす時だ！」

吹雪は逡巡《しゅんじゅん》したが、トキゾウの押しに負けてしまい、最後に「うん」と頷いた。

吹雪は甘味処の腰掛けに尾上と二人で座った。尾上は満面の笑みで善哉を頬張ると、給仕の娘を呼び止めて「もう一杯！」と所望した。

一方、吹雪は不安でならない。善哉を食べても味が感じられないほどだ。

尾上は呑気《のんき》そのもので首を傾げている。

「吹雪殿、いかがした。今日は元気がござらぬようだな」

「……心配で」

「なにが」

吹雪は「あっ」と声を漏らして我に返った。慌てて誤魔化そうとした。

「その、尾上様は、持ち場を離れても大丈夫なのかなと心配になって……」

「穴掘りの衆に紛れて曲者が踏み込むことを案じておるのか」

尾上はカラカラと笑った。吹雪に顔を近づけて小声で告げる。

「井戸掘りの者たちの中にな、拙者の小者をな、密偵として潜ませてあるのだ」

吹雪は愕然《がくぜん》となった。尾上は得意げに続ける。

「水谷弥五郎と申す浪人と、由利之丞と申す優男《やさおとこ》だ。拙者に心服《しんぷく》しきっておる者どもゆえ抜かりはない。危急の折には二人を頼るがよろしいぞ。拙者の名を出せば、あだやおろそかにはせぬであろうからのう、ハッハッハ！」

口から出任せだが、吹雪は信じた。

「そこまでの手配りを……！」

「拙者も『南町に尾上あり』と謳《うた》われるほどの辣腕《らつわん》同心。ささ、安心したら腹が空いたでござろう。遠慮なく食べてくれ」

尾上は上機嫌である。吹雪はますます食欲がない。胸が潰れてしまいそうだ。

＊

暗い横穴の中で蠟燭の炎が揺れている。掘り進められる穴の先端では水谷弥五郎と由利之丞が、手にした鋤を土壁に突き込んでいた。

由利之丞は早くも疲労困憊《こんぱい》だ。

「交代の時間は、まだなのかい」

「馬鹿を申すな。今、我らに代わったばかりであろうが」

「もうクタクタだよ」

由利之丞の愚痴は聞き流して、水谷は黙々と鋤を打ちこみ続けた。

地上では、三叉の棒から吊された振り子の筆が揺れていた。下に敷かれた紙に線が引かれていく。

卯之吉が興味津々に観察している。いくつも立てられた三叉の筆の揺れる向きはそれぞれに違う。それらの線を延長し、交差した場所に旗を立てた。

「地面の揺れはこの辺りから伝わってくるわけだね」

老蘭学者が頷く。卯之吉は自分で製作した図面に朱墨で赤い×を書いた。×印と日付がいくつも書かれている。

「縦穴からこちらにまっすぐに延びている。これだけ掘り進めたってわけだ」

「左様にございます、若君」

「だけど、変だねえ」

卯之吉は顔を上げて振り向いた。振り向いた先には書院の御殿が建っている。

「御殿の真下に向かって横穴を掘っているよ？　なにかの間違いじゃないのかね。横穴の天井が抜けてしまったら、御殿が崩れてしまうんじゃないかねぇ」

由利之丞と水谷は地下道にいる。今にも崩れそうな天井から土が降っていた。

「しっかり押さえておれよ！」

梁《はり》の下に水谷弥五郎が柱を入れる。組み合わせて楔《くさび》を打ち込み、さらに縄で固く縛って固定した。

「これで大丈夫だ。天井は落ちてこぬだろう」

由利之丞はその場に尻餅《しりもち》をついてしまった。

「もう駄目かと思ったよ。生き埋めになるかと思った」

水谷はニヤーッと微笑む。

「拙者がついておるのだ。可愛いお前を生き埋めにさせるわけがあるまい」

「嬉しいよ、弥五さん」

二人はギューッと抱き合う。水谷は由利之丞に対してはとことん甘い。

「少し休んでおれ。お前の分まで拙者が働くからな！」

ますます元気を出して土壁を掘り進めていく。由利之丞は顔の泥を手拭いで拭いた。

「どの辺りまで掘り進んだのかねぇ」

「さあな。わかっておるのは宰領人のトキゾウだけだ。我らは言われるままに掘るだけぞ。それで給金が頂戴できる。文句は言うまい」

地上には飯場《はんば》の小屋が建てられている。宰領するトキゾウの部屋もあった。穴掘りの男衆がやってきて、小屋の中のトキゾウに声を掛けた。

「宰領人さん、今日は水谷さんが、一間《いっけん》（約一・八メートル）、掘り進めましたぜ」

「わかった」

男衆は出て行った。トキゾウは机の上に図面を広げる。赤い線を一間分、引き伸ばした。

「御殿の真下に達した。いよいよ復讐の時だ」

あとは火薬を運び込んで火を点けるだけである。火薬の箱は小屋の隅に積んであった。

その時、吹雪が小屋に飛び込んできた。トキゾウは急いで図面を畳んで隠した。

「ここには近づくなと言ったろう！」

叱るが、吹雪は血相を変えている。小声の早口で告げた。

「穴掘り衆の中に町奉行所の密偵が紛れ込んでる！　水谷弥五郎と由利之丞って人だ」

「なんだと……！」

「尾上って同心は、南町奉行所一の切れ者だって言ってた。あんた、とっくに目をつけられていたんだよ！」

南町奉行所一の、という評判は、尾上が自分自身で吹雪に吹き込んだホラ話だ。しかし吹雪には疑う術《すべ》がない。

「あんた、もうお終いだよ！　一緒に逃げよう！」

トキゾウは歯嚙みした。怒りで全身を震わせる。

「ここまできて、逃げるなんてこたぁ、できねぇ！」

小屋から走り出ていく。止めようとして伸ばした吹雪の手は、あと少しのところで届かなかった。

「正月興行では、オイラに良い役がつきそうなんだ。座元様がオイラに目を掛けてくれてるからね」

坑内の地べたに座り込み、願望なのか妄想なのかわからぬことを由利之丞がしゃべり続けている。

「江戸中にオイラの評判が轟《とどろ》くんだ。ご贔屓《ひいき》だっていっぱいつく。そうしたら、力仕事とはおさらばさ」

力仕事は水谷弥五郎に任せきりにして、調子よく嘯《うそぶ》いた。

「人気役者には、金剛《こんごう》さんがつきものだ。弥五さんはオイラの金剛さんになればいいよ。給金は弾むよ。銭に不自由はさせないからね」

金剛さんとは金剛仁王像のこと。役者の用心棒がその名で呼ばれた。

「楽しみなことだな」

「だからさ——ウッ！」

突然に由利之丞のお喋《しゃべ》りが止まった。

「どうした？」

振り返るとトキゾウが立っていた。手にこん棒を握り、足元には由利之丞がのびている。

「何事ッ」

水谷はさすがの武芸者。即座に鋤を握って刀のように構えようとする。その足をトキゾウが蹴り払った。水谷は無様《ぶざま》に転んだ。トキゾウが嘲笑う。

「坑道の中に長くいれば身体の動きが鈍くなる。空気が澱《よど》んでいるからだ。悪い空気を吸い続ければ、どんな武芸者だって手足の力が萎《な》えちまうのさ」

トキゾウは無造作にこん棒を叩き下ろした。水谷弥五郎はドサリと倒れた。

六

翌日の昼前。南町奉行所に荒海ノ三右衛門がやってきた。俠客である三右衛門は役人たちの部屋に入ることができない。台所口の土間で同心八巻、その正体は幸千代と対面した。

「調べがつきやしたぜ。お尋ねのおちかは柳堀《やなぎぼり》で遊女の真似事をしていた町娘でござんした。仲間の女たちの話では、滝口兼次郎ってぇ旗本といい仲だったらしいんで」

幸千代は訊ねる。

「おちかはどこにおる」

「死んだんだそうで。兼次郎に別れ話を持ちかけられて、世を儚《はかな》んじまったらしいですぜ」

「左様か。あの骸の男が彫り物を消したことと、平仄《ひょうそく》が合うな」

「兼次郎は、薄情で女を捨てたわけでもないらしいや。兄貴が殺されちまったんで、旗本の家を継がなくちゃならなくなったって話で。そうとなれば、遊女とは、どうしたって手を切らなくちゃなりやせん」

「殺された？　今、兄の方も『殺された』と申したか」

「申しやした。殺された兄貴は甲府勤番の山役人。名は滝口吉太郎っていうらしいや」

「ずいぶんと詳しく調べたではないか」

「あっしにゃあ、閻魔前《えんままえ》ノ鬼兵衛《おにへえ》ってぇ兄弟分がおりやす。内藤新宿を仕切っておりやす。甲州街道の宿場にゃあ甲斐国で罪を犯した者《もん》の人相書きが回ってめぇりやす。鬼兵衛に滝口殺しの一件を伝えたら、すぐに下手人の人相書きを出してきやがりましたぜ」

荒海一家も同様であるが、俠客の一家は犯罪者の捕縛や捜索を手伝うことで、その存在をお上から黙認されている。

三右衛門は懐から人相書きを取り出して幸千代に差し出した。男女二人の名と似顔絵がかかれてあった。

「晨蔵《ときぞう》と雪か。二人ともまだ子供の年格好ではないか」

「五年も前の出来事だそうで、今は二十二、三歳にもなっておりやしょう」

そこへ尾上がやってきた。今日も機嫌が良さそうだ。

「よォ！　話は聞こえていたぞ。どぅれ、俺にも見せてみろ」

首を伸ばして人相書きを覗き込む。すると突然、みるみるうちに、その面相が険しくなった。尾上は幸千代の手からひったくるようにして人相書きを奪い取った。幸千代たちに背を向けて人相書きを読む。そして自分の懐に突っ込んだ。

「これは俺が預かる」

青い顔でそう言い放つと、町奉行所の奥へ行ってしまった。

「なんなんでぇ、あの物腰は」

三右衛門も驚いている。幸千代は黙って鋭い目を尾上の背中に向けていた。

＊

卯之吉は今日も三叉に立てた振り子を観察している。

「やっぱりだ。書院の御殿の真下で穴を掘ってる。なんとも剣呑なことだねぇ」

大井御前がやってきた。

「八巻、書院御殿に戻るように」

「どうしてですかね」

「急な報せが届いたのじゃ。上様の御使者として大奥より富士島ノ局が参られる。間もなくご到着のよしじゃ」

「ええ？　それはいけませんねえ。お局様には別の御殿にお渡りいただくようにしないと。書院御殿はとっても剣呑ですよ」

「なにゆえじゃ？」


「富士島ノ局様、お通り～」

奥女中の声がかかり、重い城門が開かれた。富士島を乗せた乗物（駕籠《かご》）の列が江戸城を出る。駕籠の中では富士島が不吉な微笑を浮かべている。


横穴では水谷弥五郎と由利之丞が柱に縛りつけられていた。

二人とも猿ぐつわを噛まされている。水谷は縄を解こうと必死にもがいた。そのたびに柱が揺れて頭上から土が降ってくる。

二人の前に木箱が積まれる。運び込んできたのはトキゾウだ。水谷に冷たい目を向けた。

「そんなに暴れて柱が外れたら天井が崩れ落ちてくるぞ。生き埋めになりたいのか」

由利之丞が、恐怖の叫びを猿ぐつわ越しに上げた。『やめて』と水谷に訴えるが、呻き声にしかならない。

そこへ吹雪もやってきた。トキゾウに告げる。

「裏の御門に同心の尾上が来てる」

トキゾウは顔をしかめた。

「なんとかして誤魔化せ。火薬の仕掛けはあと少しだ」

吹雪は頷いて門に向かう。


門の外で尾上が待っていた。いつもと同じに微笑を浮かべている。吹雪の姿を認めて「やあ」と気軽に声を掛けてきた。

「なにやら騒がしい様子だな」

吹雪は用心深く、尾上の顔を窺う。

「聞いてはいらっしゃらないのですか」

「なにを？」

気の抜けきった顔つきだ。

まだなにも気づかれていないらしい。吹雪は内心で大きく安堵した。

「大奥から将軍家の御使者様がお渡りになるのです。その出迎えで、皆、慌ただしくいたしております」

「ああ、左様か。ばつの悪いところに来てしまったようだな。甘味処に案内しようと思っていたのだが」

「本日ばかりは、都合が悪ぅございます」

尾上は笑顔をチラリと空に向けた。

「春になれば、江戸の者たちは皆、花見に出掛ける。飛鳥山《あすかやま》などはまさに名所だ。桜餅が旨い。桜が咲いたら、一緒に行かぬか」

そう言ってから、尾上は大笑いした。

「これから冬を迎えようというのに気が早い。無駄話をしてすまなかった」

「真琴姫様の警固がございますので、わたしはこれで……」

「うむ。役儀に励まれよ」

吹雪は一礼して背を向けた。立ち去ろうとしたその時、尾上が呼び止めた。

「お雪」

「はい」

吹雪は振り返った。

尾上は少し、悲しそうな顔をした。

「お雪なのだな？　笛吹郡山田村のお雪」

吹雪は覚《さと》った。名を呼ばれて返事をしてしまったことで、自分の本当の名が雪であることを証明してしまった。

尾上は静かな口調で続ける。

「滝口吉太郎ならびに兼次郎兄弟を殺害した疑いで詮議をいたす。まずは晨蔵だ。どこにおるのか、申せ」

吹雪の顔色は真っ青だ。後ろによろめいた。

「ここで申せぬのであれば大番屋にしょっぴいて詮議をいたすぞ」

その時であった。

「俺はここにいるぜ」

物陰からトキゾウが走り出てきた。尾上は十手を抜こうとしたが、一瞬、間に合わず、懐に飛び込まれてみぞうちを強打されてしまった。

トキゾウは気を失った尾上を肩に担ぐと、門のわきに置いてあった荷車に乗せた。莚を被せる。これで土俵を運ぶ荷車と見分けがつかない。

「こいつの始末は俺がする」

トキゾウは荷車を引いて普請場に向かっていく。

吹雪は立ち尽くしたまま、なにも言えずに見送った。

富士島ノ局が本多家下屋敷の表門に到着した。本多家の家士《かし》が、裃《かみしも》姿で、玄関で平伏して迎える。富士島は質した。

「若君様は書院御殿でお待ちであろうな」

まもなく横穴が崩される。幸千代は死ぬ。

ところがだ。家士は平伏したまま答えた。

「恐れながら、本日は書院御殿はお使いになられませぬ。お局様におかれましても、別の御殿にお渡りを願い奉りまする」

「なんじゃと。いかなる子細じゃ」

富士島の顔色が変わった。家士は答える。

「いささか不都合がございまして、万が一に備えての善処にございまする」

富士島は激しく動揺した。

(トキゾウめ、策を見抜かれおったか！)

だが、ここで取り乱したなら、陰謀に自分が加担していることが露顕してしまう。この場は『なにがなんだかわからない』と装うしかない。

「よろしきように計らってくりゃれ」

富士島は案内されるがままに別の御殿へと移動した。

地下の横穴に尾上が連れ込まれてきた。両腕、両脚を雁字搦《がんじがら》めに縛られている。

尾上に気づいた水谷と由利之丞が猿ぐつわ越しに喚《わめ》いた。

トキゾウは尾上を下ろして蹴り倒す。憎々しげな目を三人に向けた。

「将軍家の御使者が屋敷に来た。幸千代は書院御殿で待つはずだ。今こそ御殿を崩す！」

導火線の先に燭台の炎に近づけた。導火線はシューッと音を立てて燃え上がった。

「あばよ」

トキゾウは導火線を放り投げると坑道の出口にむかって走り去った。

尾上、水谷、由利之丞の目の前で導火線が燃え進んでいく。三人は顔面を引き攣《つ》らせた。

「踏み消せ！」

尾上が叫ぶ。導火線にいちばん近い由利之丞が足を伸ばしてバタバタさせたが届かない。

水谷は猿ぐつわを振《ふ》り解《ほど》いて叫んだ。

「土を被せるんだ！」

三人で足を振って、爪先でかいた土をかけようとする。しかし導火線は少しばかり土をかけられたぐらいでは消えなかった。尾上の顔が恐怖で歪《ゆが》んだ。

「硝石《しょうせき》を擦《す》り込ませてあるのだ！」

三人で土をかけようと慌てふためいている間にも、導火線は燃え進んでいく。

と、その時。ふらりとこの場に顔を出した男がいた。

「おや？　皆さんはそこで、なにをなさっていなさるのですかね？」

物見遊山《ゆさん》に来た、みたいな長閑《のどか》な顔つき。緊迫しきったこの場の空気に似合わない。

尾上が叫ぶ。

「導火線をなんとかしろッ！　火薬に火がつく！」

「はぁ、これですかぇ？」

卯之吉は導火線を無造作に火薬の箱から引っこ抜いた。水谷も叫んだ。

「遠くへやってくれ！」

「はい」

卯之吉は真後ろにポイッと投げ捨てる。

「それで、皆様方はここで、なにをしていらっしゃるのですかね？」

卯之吉は御殿に戻る。大井御前が激怒しながらやってきた。

「どこに行っておったのじゃ！　将軍家御使者をお待たせするとは何事！　しかもその格好、泥だらけではないかッ」

「その御使者様ですが、すぐにお屋敷からお出になることをお勧めしますよ。そのように計らってください」

「なぜじゃ」

「お屋敷の下に火薬が仕掛けられています」

「なんじゃとッ？」

「真琴姫様にも、屋敷の外にお逃げいただいたほうがよろしいでしょうねぇ」

卯之吉は薄笑いを浮かべながら言った。なぜ笑っているのか、誰にもわからない。

*

トキゾウと吹雪は朝靄《あさもや》の中を逃げていく。

二人の手配はすぐに回った。捕り方の追捕《ついぶ》を逃れて夜通し江戸中を走り回った。あと少しで江戸の外に出られる所まで来た。

「舟を奪うぞ。向こう岸まで渡っちまえば、町奉行所の役人たちでは追ってはこれねぇ。あいつら、江戸の外には出られねぇんだ」

トキゾウは土手を駆け下りようとした。その時であった。

「とうとう見つけたぜ悪党！　手に手を取っての道行きもこれまでだッ。観念しやがれッ」

荒海ノ三右衛門と子分衆が駆け寄ってきて、トキゾウと吹雪を取り囲んだ。

トキゾウも吹雪も短刀を握って身構える。決死の形相だ。

黒巻羽織の同心がフラリと現われた。

「両人とも神妙にいたせ。刃物を捨てよ」

吹雪がハッと息を飲む。

「尾上様！」

尾上は何も答えない。吹雪を見つめるばかりだ。

吹雪は涙を流して訴えた。

「どうか、お見逃しください！」

尾上は首を横に振る。

「それはできぬ」

トキゾウが吹雪に囁いた。

「どうやらこれまでだぜ。長老たちに迷惑はかけられねぇ」

「トキゾウさん……！」

二人は向かい合うと、互いの胸に短刀の先を向けた。一瞬、見つめあった後、互いの胸を貫き合った。

三右衛門が「あっ！」と叫ぶ。

「馬鹿な真似をしやがって！」

トキゾウと吹雪が同時に倒れる。吹雪の腕がトキゾウの背中を抱きしめた。それから力なくダラリと落ちた。

三右衛門と子分たちが走り寄り、二人の壮絶な死にざまを目にして、物も言えずに立ちすくんでいる。

小舟にトキゾウと吹雪の骸が並んで横たえられた。尾上が舟を押すと、舟は川の流れに乗った。海へと流されていく。

舟を見送る尾上を、遠くから卯之吉が見つめている。三右衛門がやってきた。

「下手人を流しちまっていいんですかい」

卯之吉は袖の中で腕を組んだ。

「あれでいいんだろう。将軍家若君殺しを謀った今度の一件、表沙汰にはできないって、大井御前様も仰《おつしや》っていたよ。将軍家のご体面に傷がつくからね。闇から闇に葬っちまうのがいいんだろうさ」

「尾上の旦那も、大手柄がふいになっちまって、残念なこってすな」

流されゆく舟を見送る男がもう一人いた。幸千代だ。塗笠を被り、着流しの姿で立っている。

「美鈴か」

舟に目を向けたまま背後に向かって問う。美鈴は静かに蹲踞《そんきよ》した。

「真琴姫様は、ご無事に御殿にお戻りにございます。地下に仕掛けられた火薬は運び出されました」

幸千代は「うむ」と答えた。それからやはり、顔を向けずに言った。

「これでお前にも、わしが江戸に来たくなかった理由がわかったであろう。わしに関わった者は、皆、ああやって死んでいくのだ」

踵《きびす》を返した。美鈴に目を向けた。

「真琴姫に申せ。『わしのことは忘れて甲斐に戻れ』とな」

「……で、ですが、姫様は」

「抗弁は許さぬ。きっと伝えよ」

幸千代は朝靄の中を去っていった。

＊

尾上が軽薄な足どりで江戸の町中を見回りしている。

「ちょっと旦那、寄っていっておくんなさいな。今日の甘酒は、とびきりよくできたのさ」

水茶屋の女将《おかみ》が声を掛ける。色香たっぷりの美女だ。途端に尾上の眉根が垂れ下がった。

「おう。それじゃあ味見をさせてもらおうかい」

茶屋の葦簀《よしず》の裏にしけこもうとする。同心姿の幸千代と三右衛門が見回りについてきている。幸千代が咎《とが》めた。

「市中見回りの最中に怠けてもよいのか」

尾上は笑顔で手を振った。

「いいの、いいの。これも同心の役得なんだからさ。あとの見回りはお前に任せるよ。天下太平。それもこれも上様のご威光のおかげさ。太平楽《たいへいらく》を楽しまなくちゃ損だぜ」

女将は如才ない笑顔を幸千代にも向ける。

「そちらの旦那も寄っていっておくんなさいましよ」

尾上が手を振る。

「いいの、いいの。あいつは堅物だから」

幸千代は三右衛門を連れて歩きだした。

「……あの者、萎《しお》れた様子も見せずに、よくやっておるな」

三右衛門は「へい」と答えた。

「もちろん萎れちゃあいるんでしょう。好いた女に目の前で心中されちまったんだから」

「あの女を見逃がしてやることもできたであろうに」

「そりゃあ、ありえねえ話だ」

「なぜだ」

「あの男はああ見えても同心様だ。悪党どもからお江戸を守るってぇ使命は、他のなによりも重く、のしかかっているのに違《ちげ》ぇねぇ。そうじゃなかったら同心なんて、面倒なお役は務まらねぇ」

三右衛門は秋空の彼方に目を向けた。白亜の櫓《やぐら》がそびえ建っている。

「見てみねぇ、千代田のお城だ。お城に上様がいて、上様を慕って武士や町人が集まっている。それがこの江戸だ。江戸の者《もん》が悶着にあわねえように仕切っているのが同心様だ。それぞれの身分の者が、しっかり務めを果たしているからこそ、お江戸は今日も安泰なんだぜ」

魚売りが盥《たらい》を下げた棒を担いで走っていく。大工は柱に鉋《かんな》をかけている。

「旦那ァ」

前から銀八が走ってきた。

「この先の長屋で大喧嘩だ！　静めてやっておくんなせぇ」

三右衛門が目を剝いた。

「なんだと、大悪党か！」

「植木屋のとっつぁんと、おかみの喧嘩で、手がつけられねぇんでげす」

「しょうがねぇなあ。ひとつ叱りつけてくるかい」

三右衛門は袖捲りをした。幸千代は銀八に訊ねる。

「夫婦げんかの仲裁も、同心の役儀なのか」

「ええ、まあ、そういうことになってるでげす」

「まことに困った者どもが上様の御城下に集まっておるのだな。致し方なし。誰も彼も、我が兄を慕う領民だ」

「旦那、急いで！」

銀八に急《せ》かされて、幸千代は悠然と歩き始めた。

第二章　大川幽霊屋敷　動く骸《むくろ》

一

柳井伝十郎《やないでんじゅうろう》は安居酒屋で杯を重ねていた。歳は三十ばかりの武士。酷《ひど》く酔っている。腰掛けに座っているが、その身体《からだ》はフラフラと頼りなく揺れていた。

銚釐《ちろり》を手酌で傾ける。だが注ぎ口からは酒の滴《しずく》が垂れるばかりだ。

「親仁《おやじ》！　もっと酒をもってこいッ」

店の主人が呆《あき》れ顔で板場から出てきた。

「そのぐらいにしておきなせぇよ。お侍さん、飲み過ぎですぜ」

「うるさいッ」

伝十郎は酒で濡れた唇を拳で拭った。

「長年の友垣《ともがき》が死んだのだッ。これは供養の酒だ」

「そいつぁお気の毒様だ」

親仁は南無阿弥陀仏と唱えた。

「ですがね、お侍さん。こっちも商売だ。銭はお持ちなんですかね。ここらでいったん勘定にしていただけやせんか」

「わしを貧乏と見て取って侮辱いたすか。銭ならば、ある！」

伝十郎は懐をまさぐって巾着《きんちゃく》を摑《つか》みだす。中の銭を腰掛けの上にぶちまけた。

親仁は露骨に顔をしかめた。

「小銭ばかりじゃねぇですかい。やっぱりだ。言わんこっちゃない」

銅銭を指で数えながら摘まみ取った。

「確かにお代は頂戴《ちょうだい》しましたよ。ですがね、残りの銭では、もう、酒も肴《さかな》も出せやしませんよ」

一文銭が二枚ばかり残されているだけだ。

「帰れと申すか」

「またのお立ち寄りをお待ちしておりやす」

親仁は板場に戻ってしまう。伝十郎は「くそっ」と悪態をついた。

伝十郎は縄暖簾《なわのれん》を乱暴に払って外に出た。

夜道を歩く。星を見上げた。

「才蔵《さいぞう》、なぜ死んだ！」

幼なじみの悪友、坂内《ばんない》才蔵を想って涙を流す。

柳井伝十郎と坂内才蔵は似合いの悪友であった。直参旗本の家に生まれながらも出来が悪く、学問も武芸も素行もまったく修まらなかった。気位ばかり高くて能力に乏しい若者は、都合の悪いことは全部、世の中や両親、親族のせいにしてしまう。そんなところで馬が合って、二人は毎日のように連れ立って、質《たち》の悪い遊びに興じた。鬱憤《うっぷん》を晴らすべく暴れ回った。

だが、不埒《ふらち》な生活がいつまでも続くわけがない。ついに目付役所《めつけやくしょ》の仕置きを受ける身となって、江戸にいられなくなり、甲府勤番に飛ばされたのだ。

「才蔵……！」

お互い悪《ワル》であることは自覚していた。それだけに無二の親友だった。

夜空を見上げて涙を流していた、その時だった。

「よぉ、どうしたいお侍さん、泣きべそなんかかきゃあがって、だらしねぇな」

町人の二人連れが千鳥足で通り掛かった。こちらも酷く酔っている。

「なんだと……！」

伝十郎は凄《すさ》まじい眼光で酔っぱらいたちを睨《にら》みつけた。

「貴様たち、拙者を愚弄《ぐろう》いたしおったなッ？」

いきなり刀を抜く。酔っぱらいたちは腰を抜かした。

「ぬ、抜いたァ！」

転がるように逃げだした。

伝十郎もよろめきながら追いかける。

「待てッ！　手討ちにしてくれるッ」

めったやたらに刀を振り回して追いかけ回す。その目の前に立ちはだかった者がいた。

「やめんか柳井！」

伝十郎は男の顔を見た。

「猿喰六郎右衛門《さるばみろくろうえもん》かッ」

なおも刀を振り上げようとした。猿喰六郎右衛門が一喝する。

「たわけッ、お前の腕で、わしを斬れると思うてかッ」

猿喰は腰帯に鉄扇《てっせん》をたばさんでいた。帯から抜いて伝十郎の腕を打つ。伝十郎は呻《うめ》いた。

　猿喰は酔っぱらいたちに向かって怒鳴る。

「お前たちは失《う》せろッ。命が惜しくば今宵《こよい》のことは他言無用ぞ！」

「へ、へいッ。お助けありがとうございやす」

　酔っぱらいたちは逃げ散った。

　猿喰は一転、静かな物腰となって伝十郎に語りかける。

「江戸ご府内での抜刀は重罪だぞ。知らぬお主《ぬし》ではあるまい」

　江戸は徳川将軍のお膝元。町中で刀を抜けば将軍への謀叛《むほん》を疑われる。それほどまでの罪なのだ。

　伝十郎は身を震わせながら刀を鞘《さや》に戻した。そして、こらえきれずに嗚咽《おえつ》を漏らした。

「貴様のせいだ……！　坂内才蔵は、貴様の口車に乗せられて、殺された！」

「確かにこのわしは坂内を仲間にすべく一味に誘った。そのせいで坂内が死んだと申すのであれば、いかにも、その通りじゃ」

「許せぬッ」

「お主のその怒り、坂内の仇敵《きゅうてき》に向けよ！　坂内は忠義のために死んだのだ」

「忠義だとッ」

「将軍家は今、真っ二つに割れておる。次の将軍に幸千代を推戴《すいたい》しようとする一派と、御三家より将軍を迎えようとする一派じゃ。我らは幸千代を退けて、御三家より将軍を迎える一派に与《くみ》しておる。我らこそは新しき将軍に忠節を誓った忠義者なのだ」

猿喰は柳井伝十郎に言い聞かせる。

「坂内才蔵は新しき上様の御為《おんため》に忠義を誓い、一命を捧げた。あっぱれ忠義の武士《もののふ》であった。柳井よ！　坂内才蔵を無二の親友と思うのであれば、坂内の果たし得なんだ遺命を、そのほうが果たそうとは思わぬか」

柳井伝十郎は猿喰六郎右衛門を睨みつけた。

「才蔵はいかなる働きをしておったのかッ。其処許《そこもと》は、このわしに何をさせようというのかッ」

猿喰はニヤリと笑った。

「それを聞いたならば引き返せぬぞ。我らの仲間となってもらう」

「望むところだッ」

伝十郎は吠えた。

＊

本多家下屋敷。広い敷地の一角に普請場《ふしんば》がある。穴掘りの男衆《おとこし》が大勢集まっていた。

もうすぐ冬だが、褌《ふんどし》一丁と法被《はっぴ》だけの姿だ。皆で畚《もっこ》を担いでいる。「えっさ、ほいさ」と掛け声も軽やかに働いていた。

その様子を卯之吉が見ている。

「ああ、勇ましいねぇ。お祭りみたいだ」

畚を担いだ姿が神輿《みこし》のようだ。卯之吉は派手やかなことならなんでも好きだ。思わず扇子を取り出して、その場でクルクルと舞い踊り始めた。

卯之吉に気づいた男たちが目を剝《む》いている。

「なんでぇ、あの素《す》っ頓狂《とんきょう》な野郎は」

卯之吉の奇行に呆れている。

頭分《かしらぶん》が卯之吉に気づいた。男衆に向かって「馬鹿野郎！」と怒鳴った。

「あの御方が、上様の弟君様だ！」

皆、恐れ入ってその場で「へへーっ」と土下座する。卯之吉はもちろん、自分がどんな誤解を招いてしまったのかわからないし、わかろうともしない。

「やあやあ皆さん。お仕事に精が出ますねぇ」

頭分が皆を代表して答える。

「恐れ入りやす」

卯之吉は笑顔で訊《たず》ねた。

「それで? 抜け穴の掘り進め具合は、どうなっているのかねぇ」

「へい。『書院御殿の真下の穴は埋め戻せ』っていう、大井御前様からのきついお言いつけで、今は土を穴ン中に運び入れておりまする」

「もちろん御殿の下の穴は埋めてもらうよ。穴が空いたままじゃあ、あたしも安心して暮らせない。だけどね……」

卯之吉は声をひそめて、懐から図面を出した。頭分の前に広げる。

図面にはトキゾウが掘らせた横穴の図が、赤い線で引かれていた。

「この横穴が今、あたしたちがいる庭の真下を延びている。そこでだ、ここから穴を真横に曲げて、お屋敷の外まで横穴を掘ってもらいたいのさ」

卯之吉が自分で測量して、計画した線が図面に引かれていた。屋敷の真横を流れる掘割（水路）の土手に繋《つな》げる計画だ。

頭分は、気乗りのしない顔つきだ。

「大井御前様や本多出雲守様がなんと仰《おっしゃ》るか……」

「そもそもの話、抜け穴を掘れ、っていうお話を持ってきたのは将軍様さ。上様のご発案なんだから遠慮はいらない。皆さんが叱られる心配もないよ。給金の心配もいらない。三国屋が出してくれるからね」

本多出雲守の資金源は三国屋。知らない者はいない。

男衆の顔つきが明るくなった。

「三国屋さんが給金を払ってくれるっていうのなら一安心だ」

横穴を掘り進める技術はすでに会得《えとく》している。トキゾウと一緒に仕事をしたことで、身についた。

「よしっ、働くべぇ！」

「オイラもやるぞッ」

男たちは拳を突き上げて歓声をあげた。

＊

季節は晩秋から初冬に移り変わっていく。陽が没すれば風は肌を刺すような冷たさだ。

暗い夜道を柳井伝十郎が歩んでいる。提灯《ちようちん》を下げていないのは人目を避けるためだ。油断なく周囲を窺《うかが》いながら、一軒の家の戸を叩いた。

家の中から返事がある。

「へぇい。どちらさんで？」

「柳井伝十郎だ。お前は六面《ろくめん》ノ助五郎《すけごろう》か」

戸が開いた。悪人面《ヅラ》の老人がヌウッと顔を出した。

「いかにもあっしが助五郎ですがね、こういう時には合い言葉を使うもんですぜ。まぁいいや。お入りなせぇ」

汚くて狭い部屋だ。板敷きの上に莚《むしろ》が敷いてあるだけ。助五郎はドッカと座ると手焙《てあぶ》りに手をかざした。小さな炭が燃えている。すきま風の吹き込む陋屋《ろうおく》で暖房はこれだけであった。

伝十郎は土間に突っ立っている。「あがれ」と言われないからだ。

助五郎はジロリと無礼な目を伝十郎に向けた。

「猿喰さんからおおよその話は聞いておりやすがね。詳しい手筈《てはず》はあんたがつけるってことだ。……それで、どこの誰を殺せっていうんですかね」

武士を武士とも思わぬ物言いに、伝十郎はむかっ腹を立てたが、ここは我慢をせねばならない。怒りをこらえて答えた。

「口にした者が、たちどころに一命を落とすという毒薬、そのほう、確かに所持しておるのであろうな！」

「それがこっちの商売道具だ。持ってなかったら仕事にならねぇ。なんならあんたが自分で試してみるかい？」

「所持しておるならば良い。本所《ほんじょ》小梅村《こうめむら》に一軒屋がある。人家《じんか》の乏《とぼ》しい野中に建っておる。塗師《ぬし》治左衛門《じざえもん》の工房だ」

「塗師？」

「漆塗りの職人だ。治左衛門は当代きっての名工。大掾《だいじょう》の称号を朝廷より下賜《かし》されておる」

大掾とは優れた技能を持つ職人や芸人に対し、朝廷より下される官位だ。名誉廷臣の称号である。

「上様へ御献上の品々を手掛けるほどの腕前なのだ」

「へぇ？　よくわからねぇが、たいした野郎なんだろうねぇ。それで、その名人を殺せばいいってのかい」

「もちろん殺してもらう。だがお前の毒は別の御方を殺すために使う」

「と言うと？」

「上様の弟君、幸千代を殺すのだ」

＊

卯之吉は「ふわぁ〜っ」と大欠伸《おおあくび》を漏らした。出雲守の下屋敷。書院に一人で座っている。書見台には蘭学の書がのせられていた。

周囲には誰もいない。真琴姫がこの屋敷にやってきたので、替え玉の卯之吉の面倒ばかりを見ていられなくなったのだ。

卯之吉は蘭書をパタリと閉じた。両腕を頭上にあげて背伸びをする。長時間、座ったきりで学問をしていた。さすがに草臥《くたび》れる。肩や背中もこわばっていた。

卯之吉は書見台をわきにのけると立ち上がった。障子は開け放たれている。

「見事だねぇ」

紅葉《もみじ》はほとんど散ってしまったが、今度は枯《か》れ薄《すすき》が見事だ。黄金色《こがねいろ》に輝いている。

沓脱《くつぬ》ぎ石に雪駄《せった》が揃えられていた。卯之吉は庭に降り立った。

落ち葉が風に舞っている。卯之吉はじっとしていられない。扇子を開いて翳《かざ》し、その場で優雅に舞い始めた。クルクル、クネクネと踊りながら飛び石の上を渡っていく。池にかかった石橋を渡り、踊りながら庭を一周した。

パチリと扇子を閉じて満足そうに瞑目《めいもく》していると、ふいに庭木の陰からパチパチと拍手が起こった。

卯之吉は目を向ける。そこには大奥御中臈《おちゅうろう》の富士島が立っていた。

「お見事、お見事。若君様は踊りの名手におわしますなぁ」

卯之吉は照れくさそうに笑った。

「下手の横好きってやつですよ……」

「見たこともない流派。甲州流の踊りでしょうか」

「あたしは気の向くままに踊ってるだけです」

「そのお姿が知れ渡れば、大奥の評判も変わりましょう」

卯之吉はほんのりと笑った。

「あたしは、大奥では、どんな悪名を賜《たまわ》ってるんでしょうかねぇ？」

「武芸一徹の無骨者、たいそうな乱暴者……」

「はて？　あたしは乱暴は嫌いですけどねぇ。人の噂とは不思議なものだ」

この場に銀八がいたなら『若旦那の評判じゃなくて、若君様の評判でげす』とツッコミが入るところだ。

そこへ大慌てで大井御前が駆けつけてきた。

「富士島殿！　案内《あない》もなく若君様のお傍《そば》近くに参じるとは何事！」

富士島は悪びれた様子もない。口元に笑みを浮かべつつ答える。

「妾《わらわ》は上様のお言葉を伝えるために来たのじゃ。余《よ》の者ならばいざ知らず、上様の代理であるぞ。案内を乞うまでもないと心得るが？」

「その賢《さか》しら口、聞き捨てなりませぬぞッ」

なにやら険悪な様相だ。呑気《のんき》な卯之吉は「まあまあ」と割って入った。まったく邪気のない笑顔だ。

「まずは上様のお言葉を承《うけたまわ》りましょう」

自ら書院に戻る。幸千代の傅役《もりやく》と、大奥の中臈をまえにしてもまったく臆するところがない。堂々と壇上に上がり、ゆったりと腰を下ろした。

富士島は卯之吉の正面に座る。改めて挨拶する。

「悠揚迫《ゆうようせま》らぬ若君様のそのお姿。さながら、お元気な頃の上様を目の当たりにいたす心地にございます」

大井御前も密かに「うむ」と頷《うなず》いた。卯之吉を見直す気持ちになったようだ。

もちろん卯之吉は、影武者として意識して、良い芝居を心がけたわけではない。気ままに振る舞っているだけだ。それが理由で偉そうに見えてしまうという、たいした男なのであった。

「あたしと上様とは、そんなに似ているのでしょうかね」

富士島は答える。

「面差《おもざ》しが……。やはり兄上様と弟君様。血は争えませぬ」

「いやぁ、あたしと上様は兄弟では――」

「若君様！」

慌てて大井御前が割って入った。『兄弟ではない』などと口にされては大変なことになる。

「上様のお言葉を承るのが先にございます！　富士島殿ッ、上様のお言葉を！」

「左様じゃな。しからば役儀によって無礼をいたす」

富士島が上座に上がり、卯之吉が下座に控える。将軍の言葉を伝える人物を将軍そのものとして尊ぶのだ。

富士島は口上《こうじょう》を述べる。

「上様におかれては、弟君を案じたまわり、三葉葵《みつばあおい》の紋の入った什器《じゅうき》を下賜なさいまする」

什器とは、椀や四足膳など一式のことだ。将軍家ともなれば、着物や小物はもちろんのこと、布団やお椀にまで三葉葵が入る。

隠し子として育てられた幸千代は三葉葵の入った物を所持していない。それを哀れんだ将軍が、わざわざ下げ渡してくれる、というのであった。

「ありがたいお心遣いでございます」

卯之吉は、幸千代のことを思って、我がことのように嬉しくなった。

「上様には、よろしく御礼を申しあげておいてください」

富士島は「うむ」と頷いた。卯之吉の言葉づかいは、武士のものとしては変だけれども、甲斐の山中で育てられたのだから当然だろう、と理解したらしかった。

＊

大川の東岸、本所と深川には広い野原が広がっている。拡大を続ける江戸の人口を養うため幕府によって宅地化が進められていたが、まだまだ原野の面影を留めていた。

田畑に囲まれた中に一軒の寮が建っている。生け垣に囲まれた二階建てだ。

寮とは商人や職人が住む別宅のことである。

細く曲がりくねった畦道《あぜみち》を踏んで一人の武士がやってきた。笠で面相を隠している。寮を囲う生け垣の戸を押し開けると、建物の戸をホトホトと叩いた。

「柳井伝十郎だ」

「へい。ちょっとお待ちを」

戸の落とし猿（戸が開かないようにするための内鍵）を外す音がした。ギイッと蝶番《ちょうつがい》を軋《きし》ませながら戸が開く。六面ノ助五郎が顔を出した。

「どうぞお入りなせぇ」

伝十郎は寮の中に踏み込んで笠を外した。助五郎が戸を閉める。伝十郎は質《ただ》した。

「首尾は」

老人は不敵な笑みを浮かべる。

「あっしも六面ノ助五郎ってぇふたつ名を取る悪党だ。抜かりはねぇ」

「塗師の治左衛門はどうなっておる」

「ここさ」

助五郎は衝立《ついたて》を手荒に押し退《お の》けた。衝立の陰に老人の骸《むくろ》が転がっていた。

伝十郎は雪駄を脱いで床に上がる。死体の脈を探った。

「冷たくなっておる」

「当たり前《め》ぇだ。俺を疑ってるのか」

「念のためだ。猿喰殿より『必ず確かめろ』と言われておる」

伝十郎は部屋の中を見回す。塗師の工房だけあって、戸棚や箪笥《たんす》や道具入れなどがたくさん並んでいた。

「治左衛門が問屋に納めるはずの什器は、いずこにある」

「あそこでさぁ」

座敷の奥に、大事そうに風呂敷に包まれた木箱が置いてあった。伝十郎は歩み寄って中身を検《あらた》める。見事な漆塗りの椀だ。金箔《きんぱく》で三葉葵の紋が押され、金銀の砂子《すなご》が散らしてあった。

「ううむ。さすがに見事な出来だ。……して、お前の毒はどうなった」

六面ノ助五郎がニヤリと不気味な笑みを浮かべた。

「たっぷりと塗りつけておきやしたぜ。その椀で飯を食ったら、すぐにもお陀仏、あの世行きだァ」

「だが、毒味役に死なれたら、毒殺が露顕するぞ」

「ちゃんと策を巡らせてあらぁ。心配《しんぺ》ぇすんな」

「どんな策だ」

「旦那、さっきからずっと椀を手にしているが、その椀には、あんまり顔を近づけねぇほうが良いですぜ。毒の気を吸い込んだらあんたもお陀仏なんだぜ？」

伝十郎は顔をしかめて、椀を箱の中に戻した。

「旦那、誰か来やしたぜ」

窓の外――野中の道で提灯が揺れている。伝十郎は「うむ」と頷いた。

「塗物《ぬりもの》問屋の木乃国屋太兵衛《きのくにやたへえ》であろう。御献上の什器は木乃国屋を介して将軍家に納入されることになっておる」

「わかった。それじゃあ手筈通りにあっしが、塗師に化けて手渡すとするかい」

「抜かりはないであろうな」

「あっしは伊達に〝六面〟の異名を取ってるわけじゃねぇよ。それよか旦那、塗師の骸を隠しておくんな。そいつが見つかったらお終《しま》いだぜ」

伝十郎は「うむ」と答えた。骸の脇の下を摑んで引きずる。隠すのにちょうど良さそうな大きさの箪笥があったので、戸を開けて中に押し込んだ。自分は奥の座敷に隠れた。

表戸がホトホトと叩かれた。

「御免くださいまし。木乃国屋太兵衛でございます」

六面ノ助五郎は什器の木箱を摑んで戸口に向かった。

「木乃国屋さんか。夜道を遥々《はるばる》とご苦労さまでしたな」

声音《こわね》が変わっている。治左衛門の生前の声を真似ているのに違いない。

「治左衛門さん、戸を開けてくださいますか」

「そうはいかないのだ。今、塗ったばかりの漆を乾かしておるところでな。外の埃《ほこり》が入ってきては困る」

「家の中が真っ暗ですよ。あなたの顔すら良く見えない」

「大事な仕上げの工程でな。蠟燭《ろうそく》があげる煤《すす》までもが厳禁なのだ」

「なるほど。間の悪いところに来てしまったようですね」

助五郎は細く戸を開けて、木箱だけを差し出した。

「約束の品だ。持っていってくれ」

「検めさせていただきませぬと……」

「なんだとッ！　わしの仕事に抜かりがあると疑うのかッ」

「いえ、まさか、大掾様のお腕前を疑っているわけでは……」

「わしの仕事に信用が置けないと言うのなら、金輪際《こんりんざい》、あんたのところの仕事は請けんぞ！」

「た、たいへん失敬な物言いを……。それでは受け取らせていただきます」

「おう。店に持って帰って存分に検分するがよい」

「そうさせていただきます。今後ともよろしくお願い申しあげます」

塗物問屋の主人は平身低頭しながら帰っていった。

「これでいいぜ。柳井さん、出てきなせぇ」

「高言《こうげん》するだけあって、たいしたものだな。これで毒の椀は公儀の許に届けられよう」

「一仕事したら腹が減ったぜ」

六面ノ助五郎は台所に下りた。竈《かまど》に鍋がかかっている。蓋《ふた》を開けた。湯気が濛々《もうもう》とわき上がった。伝十郎は問い質す。

「なにを煮ておるのだ」

「塗師の爺《じい》さんが煮ていた粥《かゆ》でさぁ。ちょうど腹が減ってきたところだ。死んじまったら飯も食えねぇ。オイラが代わりに食ってやろうと思いやしてね」

「おのれが殺した男の飯を食べようというのか。たいした悪党だ」

「通夜では、皆で飯を食うのが習わしだ。旦那もどうだぇ」

助五郎は木の椀に粥をよそうと、箸を突っ込んでかきこみ始めた。

「いままで食ったことのねぇ青菜だ。だが、なかなか旨《うめ》ぇぞ」

助五郎は口から米粒を吐き散らしながら言った。

二

それから二刻《ふたとき》(日が短い冬の季節なのでおよそ三時間)ばかりが過ぎた。

畦道を通って一人の若者がやってきた。歳の頃は十七、八。ぼんやりとしまりのない風貌だ。

男は塗師治左衛門の寮の扉を叩いた。

「御免下さい。下谷山崎町《したややまざきちよう》から参りました正太郎《しようたろう》と申します」

なんの反応もない。正太郎は戸に手を掛けた。つっかえ棒はかかっていない。戸が開いた。

家の中は真っ暗だ。正太郎は首を傾《かし》げた。

「誰もいないのかな？　不用心だな」

そう呟《つぶや》いてから、もう一声、大声を発した。

「どなたかいらっしゃいませんか。治左衛門先生ぇ、本日から弟子入りをする約束の、正太郎でございます」

その時であった。一階の部屋の奥から「ううう……」と呻き声が聞こえてきた。

正太郎は仰天した。

「先生ッ？」

塗師の治左衛門は老体だ。老人の急な発作は珍しくもない。気温の冷え込むこの季節なら尚更だ。

正太郎は寮の中に入り込んだ。工房の真ん中で一人の老人が悶《もだ》えている。身を仰《の》け反《ぞ》らせ、首を掻《か》きむしり、息を喘《あえ》がせて白髪を振り乱していた。

正太郎は心底仰天した。戸にすがりついて立っているのがやっとだ。

老人は顔を真っ赤に腫《は》れ上がらせている。ブツブツと不気味な発疹《はっしん》が無数にあった。発疹は首や胸元にも広がっている。掻きむしる腕にも赤い発疹が広がっていた。

「い、医者だ……、医者を呼べッ」

老人はかすれた声を上げた。正太郎は悲鳴をあげた。老人は口の中まで腫れ上がり、舌にも発疹ができていたのだ。喉が塞がりかけているのだろう。息をするのも苦しそうでゼイゼイと喉を鳴らしていた。

「うッ、あああ〜〜ッ」

老人は両目を見開いた。ひときわ激しく痙攣《けいれん》したと思ったら、急にグッタリと伸びてしまい、それきり息をしなくなった。

「ひゃあああああッ！」

正太郎は腰を抜かした。急いで身を返し、転げながら外に出た。

「大変だあッ」

夜の畦道を走り出す。遠くに見える人家の灯《あかり》を目指して駆けだした。

＊

番屋の親仁が常夜灯に火を入れている。白髪頭の老人だ。町ごとに置かれた番屋には町入用《ちょうにゅうよう》（町会費）で雇われた男が常駐している。番太郎と呼ばれる。治安維持や初期消火などで活躍する。白髪の年寄りでも務まるのだから、江戸の治安の良さは折り紙付きだ。

銀八は番太郎に走り寄った。

「親仁さん、その火をこっちにも貸してくれ」

提灯の蠟燭を差し出した。老人は銀八と、その後ろに立つ黒巻羽織の同心を見て、頭を下げた。

「同心様のお見回りで？　ご苦労さまにございます」

老体だが、矍鑠《かくしやく》としていて目もよく見えているようだ。

提灯に火が入った。ぼんやりと足元が照らされた。

幸千代は夜の闇などものともしない。ズンズンと進んでいく。銀八はいささか辟易《へきえき》とした顔だ。

「若君様、そろそろ帰《け》ぇりやしょうよ。ここから八丁堀まで帰るのにずいぶんかかるでげすよ？　今から引き返しても家に着くのは真夜中でげす」

「帰りたくば、一人で帰れ」

「旦那を置いて小者《こもの》だけが帰るなんて、できるわけがねぇでげす」

幸千代は健脚だ。足が速い。銀八はヘトヘトになりながら追っていく。

銀八の後ろには由利之丞もいる。こちらも呆れ顔だ。

「本物の若旦那とは違って、働き者だねぇ」

「まったくでげすよ」

「卯之吉旦那は気が向いたらどこまでも行っちまうお人だけど足は遅いや。ついて歩くのは難儀じゃない。だけどこの若君様についていくのは大変だよ。アイタタ、足が痛い」

銀八はいたわしげな目で由利之丞を見る。

「ここで帰っちまっても良いんでげすよ」

由利之丞では用心棒の役にも立たない。

由利之丞は唇を尖《とが》らせた。

「幸千代様は、いずれは上様になろうかってぇお人だよ？　今のうちにご贔屓《ひいき》にしていただいておけば、将軍様になってからも可愛がっていただけるさ。上様のご贔屓を賜る役者なんて、江戸中を探してもオイラ一人しかいない。江戸一番の大役者に出世ができるってもんさ」

銀八としては（せいぜい頑張ってみるのがいいでげす）と思うしかない。

その時であった。後ろから誰かが走ってきた。

「おや？　さっきの番太郎の親仁さんでげす」

老体なのに見掛けによらず足が速い。手を振って大声を張り上げた。

「お役人様ッ、人死《ひとじ》にが出ましてございますッ」

幸千代も振り返る。カッと両目を怒らせた。

「殺しかッ。上様のお膝元を騒がす悪党め、許してはおけぬッ」

銀八が急いで言った。

「いいえ、まだ殺しと決まったわけではねぇでげす」

「誰が決めると申すかッ」

「同心様が検屍《けんし》をなさって、殺しなのか、それとも頓死《とんし》なのかを、見極めるんでげす」

「わしがやるのか。よしッ、苦しからず。案内いたせ！」

番太郎の老人は息を切らせながら指差した。

「あっしの番屋までご足労を願いやす」

幸千代一行は番屋に戻った。番屋の前で若者が身を震わせながら待っていた。

番太郎が告げる。

「この若ぇの《わけ》が報《しら》せにきたんでございやす。やいっ、こちらは南町の八巻様だ」

「ひえっ！　あの人斬り同心と噂の……」

若者はますます震え上がって、何度も何度もお辞儀をした。

幸千代は質す。

「そのほう、名はなんと申すか。なにを生業《なりわい》といたしておる？」

「正太郎と申します。生業は、そのう……これから見つけるところでして」

十代後半の年格好だ。江戸の商人や職人は、早い者では七歳から仕事の修業を始める。十代後半まで仕事に就いていない、というのは奇妙だ。

正太郎は見るからにナヨナヨとして、性根の据わっていない顔つきだ。

銀八が「ははぁ」と声を漏らした。

「遊び人でげすか。うちの若旦那と同じような」

するとなぜか幸千代がカッと目を怒らせる。

「わしは断じて遊び人などではないぞ！」

「い、いえ……あなた様とは別の旦那の話でげす」

銀八にとっても、ややこしい話になっている。

番太郎の老人が促す。

「ともあれ、骸を検めにゆきましょう」

それから正太郎に厳《いか》めしげな顔を向けた。

「お前が案内するんだよ！」

正太郎はガックリとうなだれた。

「ああ、なんだって、こんな事になっちまったのかなあ……。仕事を見つけようなんて考えた途端にこれだ……」

同心の前だというのに、はばかりもなく落胆して愚痴《ぐち》まで漏らしている。


幸千代と銀八と由利之丞は、正太郎と番太郎の先導で、畦道を進んだ。

提灯を手にしているのは番太郎と銀八と由利之丞の三人だ。

途中、銀八は足を踏み外し、泥田の中に片足を突っ込んでしまった。

「ひゃあっ、冷たいでげす！」

畦に這い上がろうとしてまた足を滑らせる。予想以上に軟弱な土壌だ。転びかけて片腕まで泥に突っ込んでしまった。

「なにやってるんだい。先に行くよ」

由利之丞が追い越していく。銀八は焦った。

「置いていかねぇでほしいでげす」

由利之丞は唇を尖らせる。

「若君様が先に行っちまうんだもの、しょうがないだろう。若君様を一人にはしておけないよ」

銀八は泥の中でもがいている。

番太郎と正太郎、そして幸千代と由利之丞は、野中の寮に着いた。幸千代は眼光鋭く質す。

「骸はどこだ」

正太郎は震える指で戸口を示した。

「入ってすぐのところの、板の間に倒れております」

「よしッ」

幸千代は大胆にも戸を開けて寮の中へ踏み込んだ。屋内は灯《ひ》も蠟燭も燃え尽きて真っ暗だ。

「提灯を持てッ」

番太郎は尻込みした。由利之丞に顔を向けた。

「お前さんが行っとくれ。俺《おら》ァ持病の腰痛がたまらねぇ。アイタタタ……」

「なに言ってるのさ。ここまで走ってきたクセに」

「早くしろ！」

幸千代が癇癪《かんしゃく》を起こしかけている。由利之丞は（しょうがないなぁ）と思いつつ恐々と寮の中に踏み込んだ。

（骸が転がってるんだろう？　そんなもの、見たくないよ……）

腕をいっぱいに伸ばして提灯を突き出す。台所と、台所に面した板の間が照らしだされた。

死体を直視しないように薄目で様子を探る。そしてすぐに首を傾げた。

「骸は、どこにあるんだい？」

台所にも、板の間にも、見当たらない。由利之丞は外に向かって声をかけた。

「おーい、正太郎さんよ。骸なんて、どこにもないよ」

「えっ、そんなはずは……」

正太郎が入ってきた。そして目を丸くした。

「確かにそこで、事切れなすったんですけどね」

番太郎も入ってきた。骸は転がっていないらしい――と察して勇気が出たようだ。提灯をあちこちにかざして舌打ちした。

「やいッ、正太郎。手前ぇ、悪ふざけでお上をからかいやがったのか。事と次第によっちゃぁ、きついお仕置きも免れねぇぞ！」

「嘘なんかついちゃいねぇ！　確かにそこで、オイラの見ている前で、死んじまったんだよ！」

番太郎が幸千代に顔を向ける。

「どうしやす、旦那」

幸千代はちょっと思案してから答えた。

「息を吹き返したのかも知れぬ。この家には二階があるようだ。二階で寝こんでおるのやもしれぬな。見てまいれ」

番太郎が「へい」と答えて草鞋《わらじ》を脱いだ。提灯は床の上に置く。提灯を持って行ったらここが真闇になり、旦那が困るだろうと考えたからだ。

「オイラも行くよ」

由利之丞は提灯を手にして後に続いた。二人で急角度の階段を昇る。

階段をあがったところに廊下があり、二間続きの座敷がある。襖はきっちりと閉められていた。

「あれれ？　行灯《あんどん》がついてるようだぞ」

由利之丞が言った。欄間《らんま》の隙間から明かりが洩《も》れていた。

番太郎は閉められた襖の向こう側の座敷に向かって声を掛けた。

「御免なせぇよ。あっしは番屋の者《もん》だ。南町の同心様のお供でやってきた。中で寝ていなさるのかい。下に同心様が来てるんだ。ちょっくら起きてきちゃあくれねぇかよ」

返事はない。静まり返っている。番太郎は首を傾げた。

「いねぇみてぇだな」

「それとも、死んでいるのかも」

「嫌なこと言うなよ」

襖に手を掛ける。

「開けさせてもらうぜ」

襖を開けた。座敷の中は暗い。由利之丞は提灯を突き出した。

途端に番太郎は「ひいっ」と悲鳴をあげた。

「どうしたんだい」

由利之丞も首を伸ばして覗《のぞ》き込む。そして「わあっ」と悲鳴をあげた。

真っ暗な座敷の中に、男の顔が、ぼうっと浮かび上がっていた。胸から下はよく見えない。顔だけが闇の中に浮いている。

実体ではない。

（幽霊だ！）

由利之丞は提灯を取り落とした。中の蠟燭の火が消えた。すると幽霊もフッと姿を消した。

二人は悲鳴をあげると転がるようにして階段を下りた。番太郎は本当に足を踏み外して転んだ。頭から一階の床に突っ込んでしまう。

幸千代は二人の醜態に顔をしかめている。

「お前たち、なにをしておるのだ」

由利之丞は二階を指差した。

「ゆ、幽霊が……！」

「幽霊だと？　馬鹿を申すな」

番太郎が痛む顔を押さえながら訴える。

「本当なんでございやす！　爺様の幽霊が！」

「もう一度、見てまいれ」

「あっしは腰を打っちまって、立ち上がれそうにございません。アイタタタ」

「打ったのは顔であろうが」

「顔を打った痛みが首からビリビリと伝わって、腰まで痺《しび》れちまってるんでございます」

よほど二階に戻りたくないのだろう。幸千代は由利之丞に顔を向けた。由利之丞も青い顔を横に振っている。

「仕方のない者どもだ。わしが行く」

幸千代が階段に足を掛ける。番太郎と由利之丞は慌てて止めた。

「おやめなせぇ！」

「やめたほうがいいよ。本当に幽霊がいたんだから！」

「油断はせぬ」

幸千代は奮然として階段を上がった。障子が半分開けられている。廊下には火の消えた提灯が投げ捨てられていた。

幸千代は座敷の中を覗き込んだ。幸千代は武芸者だ。いきなり踏み込んだりはしない。十手《じって》を摑んでその先端で、襖をゆっくりと開けた。

行灯が見える。明かりが畳と壁と天井を照らしている。幽霊はもちろん、人の姿も見えなかった。

幸千代は座敷に踏み込もうとした。と、その時であった。階下から大声が聞こえてきた。

「やいッ、どこへ行く！」

番太郎の声。

「正太郎が逃げたよッ」

由利之丞の声だ。幸千代はキッと面相を険しくさせると階段を駆け降りた。そのまま戸口を踏み越えて外に出る。

銀八が井戸端で腰を抜かしていた。闇に向かって指差している。

「正太郎さんが、あっちに走っていったでげす！」

番太郎も血相を変えてやってきた。

「野郎ッ、やっぱり悪ふざけだったのかッ。許せねぇッ」

正太郎を追って暗い畦道を走っていく。

幸千代は銀八に質した。

「お前は井戸端でなにをしておったのか」

「ここに来る時、泥田《どろた》に嵌《は》まっちまったんで、手足を洗っておりやした。そうしたら正太郎さんが走り出てきたんでげす」

由利之丞もきた。

「番太郎の親仁さんがとっちめたんだよ。『手前ぇの仕組んだ悪戯《いたずら》に違いねぇ』って。そうしたら、急に逃げだしたんだ」

銀八は頷いた。

「このお江戸にゃあ質《たち》の悪い放蕩《ほうとう》息子がいっぱいおりやす。幽霊騒動でお役人を引っかけてやろう、なんて考える野郎もいやがるんで」

由利之丞が唇を尖らせた。

「オイラが見た幽霊は本物だよ！　オイラも役者だ。幽霊に化けた役者なら見慣れてる。役者はオイラたちと同じ人間だ。暗い奈落に立っていたって、さっきの幽霊みたいには見えやしないよ」

その時であった。突然、バタンと何かが倒れる音が寮から聞こえてきた。

「なんだ？」

幸千代は急いで寮の中に戻る。一階は人気もなく静まり返っている。

銀八は階段に提灯をかざした。

「あっしの耳では、二階からの物音のように聞こえやしたが」

「わしの耳でも、そう聞こえた」

言うなり幸千代が階段を駆け上る。

「待っておくんなせぇ。剣呑《けんのん》だ!」

銀八が後に続いた。階段の途中に立って顔を出すと二階の様子を覗くことができる。二階座敷の障子は開いたままだ。幸千代が廊下に立っていた。

幸千代は「ぬうっ?」と呻いた。

座敷の真ん中に老人が倒れている。

「馬鹿な! 先ほど見たときには、誰もいなかった!」

銀八が横をすり抜けて老人に駆け寄った。

「とっつぁん、しっかりするでげす!」

揺さぶっても返事がない。首筋に触れた。

「脈がねぇでげす。死んでるでげすよ」

幸千代も老人の首に触った。手首も握る。確かに脈がない。

「肌が温かい」

「へい、確かに」

「死んでからまだ間もないぞ。今の物音、この男が倒れた音だったのか」

しかし、だとしたら、なにゆえ先ほど覗いたときには、この男の姿が見当たらなかったのか。

「不可解だ……」

幸千代は座敷の中を見渡した。なんの調度品《ちょうどひん》もない。押し入れもない。この老人が身を隠す場所はどこにもなかった。行灯が、ほのかな明かりを放っているばかりだ。

「むっ？」

幸千代は首を傾げた。

「この行灯……、先ほど座敷を覗いた時には、座敷の右奥の隅に置かれていたはずだが？」

今は左手前の隅に置かれている。死んだ老人が死ぬ直前に、行灯の位置を置き直したのだろうか。

「行灯を動かすことに、なんの意味がある」

まったくわけがわからない。

銀八が幸千代に向かって言上《ごんじょう》する。

「町奉行所のお役人様をお呼びなさるのがよろしいでげす。あっしらは捕り物の素人でげすよ」

幸千代も素直に「うむ」と頷いた。自分の手には負えない怪事件だと認めたのだ。

座敷の中にある物には、一切、手を触れずに一階に下りた。由利之丞と番太郎が階段の下でこちらを見上げていた。

幸千代は番太郎に質した。

「正太郎はいかがした」

番太郎が首を竦《すく》めた。

「面目ねぇ。逃がしちまいやした」

「なんだと」

「あと一歩で手が届く、というところで、持病の腰痛が……あいたた」

由利之丞が呆れる。

「便利な持病だねぇ。親仁さんが『お前もお仕置きは免れねぇ』なんて、脅かしたからだよ」

「あっしは野郎が怪しいと睨んで、口を割らせようとしただけなんで」

幸千代は激怒した。

「二人も揃っていながら、役に立たぬ！」

番太郎と由利之丞は震え上がって首を竦めるしかなかった。

三

翌日の朝だ。書院の広間に座った卯之吉の前に食膳が並べられていく。運んでくるのは別式女《べっしきめ》の松葉と楓であった。

大井御前も控えて座っている。卯之吉に不作法がないかどうかを見守っているのだ。替え玉だと露顕しては困る。

卯之吉は行儀の良い男なので食事の作法に問題はない。むしろ幸千代のほうがよっぽど野蛮な飯の食いかたをする。

卯之吉は箸《はし》とお椀を手に取った。気の進まない顔をしている。

「什器はまことにご立派ですが……」

料理そのものはお粗末だ。金箔と銀箔を押した黒漆の椀に、パサパサになった冷たいご飯が盛られている。卯之吉はただでさえ食が細い。ますます食欲を失ってしまう。

「せめて温かいものが食べたいのですがねぇ。どうしてこんなに冷たくなってるんですかね？」

大井御前がキッと鋭く睨みつける。

「毒味もせぬ料理を、若君様にお出しすることはできませぬ！」

作られた料理は毒味役がまず食べる。毒殺や食中毒を防ぐためだ。毒味が食べてからしばらくの時間がおかれる。毒薬や食中毒が症状となって表われるまでには半刻（約一時間）はかかるからだ。

つまり一時間、料理は放置されることになる。冷たくなるし、乾きもする。毒味役の身体に異常がないと見極めてから、料理は蒸し器に入れられて温め直される。この再加熱によって、水分や油分、旨味《うまみ》成分の多くが失われてしまう。

パサパサで味の飛んだ料理が、台所から長い廊下を通って、女中や近侍の侍によって静々《しずしず》と、足で埃を立てないように摺《す》り足で、ゆっくりと運ばれてくる。温め直された料理もすっかり冷えきったところに、卯之吉の前に置かれるのだ。

せっかくの再加熱も無駄になる。ただ味を落としただけだ。これなら再加熱などしない方が良いのだが、一度決めた伝統は、たとえ悪習であろうとも守り抜くのが名家というものなのであった。

「民百姓の年貢で食べてゆけるのですぞ！　文句を言ったら罰が当たります」

「そりゃあそうでしょうけれど……。手前の実家の三国屋は、お上にたくさん賂《まいない》を上納している側ですからねぇ。あんなにたくさん金銭を贈っているのですから、将軍御一家には美味《お》しい物を食べていただきたいものですねぇ」

卯之吉は箸を置いた。

「ああ。本物の若君様、早くお戻りにならないですかねぇ」

大井御前がますます怒り顔になる。

「それはこちらが申したきこと！　町奉行所の者どもは、いつになったら若君を見つけてまいるのか！」

卯之吉はのんびりと答える。

「町奉行所も手許不如意《てもとふにょい》（予算不足）ですからねぇ。昨今では下ッ引きや小者を雇う銭にも窮していると聞きましたよ。三国屋からお金を届けさせましょうかねぇ。お金さえあれば人も雇えます。若君様を捜すのも首尾よく進むことでしょう」

自分が町奉行所の同心だという自覚はあまりないらしい。

＊

暗い穴の中では今日も抜け穴の掘削《くっさく》が進んでいる。鋤《すき》を振るい続けているのは水谷弥五郎だ。

「どうしてこんな仕事を続けねばならんのか……」

穴を掘り続け、天井が崩れそうになれば慌てて柱を立て、梁《はり》を這わし、天井板を張る。そんな仕事をそつなくこなせるようになっている自分が嫌だ。（この天井は放っておくと崩れるな……）だとか（これ以上闇雲に掘り進めると横壁が崩れようぞ）などと直感でわかるようになってきた。

穴掘りの仲間から、

「浪人さんはいい井戸掘りになれるぜ。どうだい、お刀を捨てて井戸掘りにならねぇか。その腕前なら月に二両は出そうじゃねぇか。剣呑な仕事だが、そのぶんの稼ぎは良いんだぜ」

などと転職を勧められることも多々あった。

不安定な用心棒稼業より、月に二両の給金のほうが良い——などと考えている自分に気づいて、慌てて首を横に振る。

（拙者は武士だぞ！）

とはいえ、江戸で働く職人、町人で、元浪人の身分だった者は珍しくもない。武士の誇りや刀などは捨てて、金儲《かねもう》けに精を出したほうが幸せになれる。

水谷弥五郎は無闇に腹が立ってきた。鼻息も荒く、鋤を土壁に打ち込み続ける。と、突然、鋤の先がスポッと向こう側に抜けた。穴が開いて陽の光が差し込んできた。

「あっ、抜けたぞ!」

とうとう掘割の土手に達したのだ。水谷は穴を掘り広げていく。他の男たちも集まってきた。

「ついにやったぞ!」

「万歳!」

皆で涙を流して手を取り合い、肩を組んで小躍りする。いつの間にか水谷弥五郎までその輪に加わって感動の涙を流していた。

＊

江戸の町は今日も大勢の人々が行き交っている。橋詰の広場で男が大声を張り上げていた。瓦版《かわらばん》売りの口上《こうじょう》だ。

「さぁさぁお立ち会い!　南町の八巻様でも頭を悩ませる怪事件の出来《しゅったい》だ!　し寂しい野中の一軒家。男の骸が消えたり出たりしたってぇんだから驚きだ!

かもだぜ。驚くなかれ、南町の八巻様の見ている目の前で出たり消えたりしやがった！　番屋の親仁は幽霊を見た！　八巻様がこの捕り物をどう裁くのかが見物だぜ。江戸一番の同心様が勝つか、それとも幽霊が勝つかの大一番だ！　詳しいことはこの瓦版に書いてある。さぁ、買った買ったァ！」

群衆が「わあっ」と群がって瓦版を買い求める。押すな押すなで飛ぶように売れていく。瓦版売りは嬉しい悲鳴だ。

その騒動を橋の上から険しい面相で睨みつける男がいた。総身《そうみ》から怒りの炎を噴き上げている。荒海ノ三右衛門だ。引き連れていた子分の一人に命じた。

「やいっ、あれを買ってこい」

子分は「へいっ」と答えてすっ飛んでいく。親分の怒りは只事ではない。ボヤボヤしているとぶん殴られてしまう。

「やいやい、退《ど》け退け」

子分は怒鳴りつけたが、群衆は言うことを聞かない。揉《も》みくちゃにされて髷《まげ》も鬢《びん》もグシャグシャに乱れた姿で戻ってきた。

「お待たせしやした」

息も絶え絶えに差し出した瓦版を三右衛門がひったくる。その目がますます険しくなる。まさに鬼の形相だ。

「あの若君野郎ッ、オイラの旦那に恥をかかせやがって！」

瓦版を引きちぎると走りだす。向かうは南町奉行所だ。


同じ瓦版を菊野が読んでいる。深川の料理茶屋（料亭）の座敷だ。

茶屋は昼間も営業する。もともと深川の茶屋は富ヶ岡八幡《とみがおかはちまん》の参詣者が休息するために建てられた。深川は、昼間の門前町と、夜の遊里という、ふたつの顔を持つ町なのだ。

昼間から源之丞《げんのじょう》が酒を飲んでいる。菊野は源之丞に目を向けた。

「なんだか難しい事件が起こっているみたいだけれど……幸千代様に、落着（解決）できるのでしょうかねぇ？」

「さぁてなぁ」

源之丞はまったく関心のない顔つきだ。

二階座敷の窓の下は表道だ。通り掛かった男たちの声が聞こえてくる。江戸っ子たちは声が大きい。

「さすがの八巻様でも幽霊が相手じゃ勝手が違う。手も足も出るもんかよ」

「そりゃあそうだろ。幽霊にゃあ、足がねぇ」

「手も足も出ないのは八巻様のほうだぞ」

埒《らち》もないことを言い合っている。

「幽霊だってドジを踏むだろ。八巻様から逃れられるもんじゃねぇ」

「足がねぇのにどうやってドジを踏むんだよ」

「よぉし、賭《か》けるか！」

「面白《おもしれ》ぇ。オイラは幽霊が勝つほうに賭けるぜ！」

酔っぱらいだ。大笑いしながら通っていった。

源之丞は白けた目を向けている。

「たいそうな評判になっているみてぇだな」

「まったくですよ！　みんな好き勝手なことばっかり言って！」

菊野は源之丞の袴《はかま》を摑んで揺さぶった。

「助けてやっておくんなさいよ」

「そうは言われても、幽霊が相手じゃどうしようもねぇな。祈禱師《きとうし》にでも頼んだらどうだい」

源之丞は取り合わない。菊野はプッと頬を膨らませた。

荒海ノ三右衛門は南町奉行所の門前で銀八を捕まえた。

「やいッ、どういう事だ、これは！」

千切った瓦版を握った拳を銀八の目の前に突きつける。執拗《しつよう》に細かく千切ってあるのでまったく読めない。銀八は目を白黒させた。

「旦那に恥を掻かせたら承知しねぇと言ったはずだぞ！」

「ええと……幽霊の一件でげすか」

「他になにがあるってんだ！　この瓦版が読めねぇのか！　旦那が馬鹿にされてるんだぞ！」

千切られる前はそういう文面だったらしい、と銀八は推察した。

「あの番太郎のとっつぁん、瓦版屋にベラベラと喋《しゃべ》りやがったんでげすな」

小遣い銭を目当てに事件を漏らす番太郎は多い。

とにかくこの場は怒り狂う三右衛門を宥《なだ》めておかないといけない。

「本物の若旦那のお知恵を拝借しにゆこうと思ってたところなんでげす」

「おうッ、それがいいや。俺もついていくぜ！」

それは困る。老中の屋敷に俠客《きょうかく》一家が殴り込みをかけることになる。銀八は急いで思案を巡らせた。

「お、親分さんには、もっと大切な仕事をお願いしたい――と、若旦那が仰っていたでげす」

「大事な仕事だぁ?」

「親分さんにしか務まらない仕事でげす。親分さんを男と見込んで頼みたいってぇ話で」

「おう! どんな務めだ。そこまで見込まれたンなら、この荒海ノ三右衛門、男の一命に代えても果たしてみせるぜ!」

「三国屋の大旦那様も、きっとこの瓦版を読んで腹を立てていなさるに違《ちげ》ぇねぇでげす。そこで、親分さんに宥めていただきてぇ……と」

三右衛門が「げぇっ」と奇声を漏らした。

「三国屋の大旦那を宥めろだと……。そいつぁ、さすがのオイラでも難儀だぜ」

目が泳いでいる。三国屋徳右衛門の卯之吉愛と愛ゆえの奇行は、荒海ノ三右衛門をもってしても制しがたい。

「それじゃあ、頼みましたでげす」

銀八は、三右衛門が動揺している隙を突いて走り去った。

＊

卯之吉は庭の紅葉を眺めつつ、ゆったりと酒杯を傾けている。酒に関しては、毒味の後でも不味《まず》くなるということはなかった。

近仕の侍がやってきた。卯之吉の前で畏《かしこ》まって告げる。

「台所門に銀八が参っております。若君様の御意《ぎょい》を得たいと願っておりまするが、いかに取り計らいましょう」

「庭に通しておくれ」

「それと、由利之丞なる役者を連れておりまする。何者にございましょうや」

「由利之丞さんなら馴染《なじ》みだよ。贔屓にしてるってほどじゃないけれどねぇ。まぁ、心配いらない。通しておくれ」

なにゆえに将軍家の若君が歌舞伎役者と親しいのか。理解不能だが、若君様の振る舞いにあれこれ言える立場ではない。黙って言われた通りにするしかない。

銀八と由利之丞は庭に通された。池の近くの砂利の上に膝を揃えて座る。

「まるでお白州に引き出されたみたいな心地だよ」

由利之丞は不満が半分、恐怖が半分の顔で愚痴をこぼした。

卯之吉がやってきた。豪勢な着物で身を飾っていた。

「あれまぁ。本物の幸千代様より殿様らしく見えるじゃないか」

由利之丞は言わなくてもいいことを言った。

確かに、幸千代は野性味のある武芸者の如き風貌だ。茫洋《ぼうよう》とした卯之吉のほうが高貴な育ちに見えてしまう。

卯之吉は庭の飛び石（踏み石）に立った。優美な姿が池に映っている。その前に銀八と由利之丞が屈《かが》んでいる。

「……っていう話なのさ。幸千代君ではどうにも解けない難事件なんだよ。若旦那のお知恵でさ、ササッと謎解きをしてもらえないかねぇ」

由利之丞が言う。卯之吉はほんのりと笑みを浮かべていた。

「ふぅん。骸が一回どこかへ消えて、次には、誰もいないはずの二階座敷に現われたってのかい。ほほう！」

酔狂者の虫が騒ぎだしたようだ。激しく興味を惹かれた顔をしている。

「みつかった骸や寮は、そのままにしてあるのかい」

銀八が答える。

「骸は深川の大番屋に置かれてるでげす」

「それなら行こうじゃないか。葬られる前に見ておかないといけない」

由利之丞が辛そうな顔をした。

「若旦那に見てもらいたいものは、他にもあるんだよ……」

「ほう？　なんだえ」

「これさ」

そう言って両手を突き出した。指から手の甲にかけて、皮膚がただれて赤く腫れ上がっている。ブツブツと赤い発疹ができていた。

「正太郎が見たっていう骸は、全身が赤く腫れ上がって、口の中までただれていて、それが理由で死んだっていうんだ。若旦那、どうしよう。オイラ、悪い病が移っちまったのかな？」

卯之吉は首を伸ばしてじっくりと眺めた。患部には触らない。医師の心得だ。

「銀八はどうなんだい」

「へい。あっしも、このとおりでげす」

突き出された両手はやっぱり赤く腫れていた。

「痛いのかい」

「痛くはねぇでげすが、とっても痒《かゆ》いんでげす」

卯之吉は袖の中で腕を組んで考える顔つきとなった。

「正太郎さんってお人が最初に見た骸は、全身が、口の中まで腫れ上がって、肌にもブツブツができていた──っていうんだね？」

由利之丞が涙目になって頷く。

「そうなんだよ。オイラもそういうふうになって死んじまうのかな？」

「まぁ、なんとも言えませんけれども」

卯之吉はまったく他人事《ひとごと》の顔つきだ。そして別のことを訊《き》いた。

「若君様もご一緒だったのでしょう？　若君様にも同じ症状が出ているのかね。いや、お前たちに訊くより、自分の目で見たほうが早い。銀八、若君様をここに呼んできておくれじゃないか」

「へい、合点承知の助。……でげすが若旦那。お屋敷の御門は厳重に見張られていて、若君様が出入りをなさったら、大騒ぎになるでげすよ」

「それなら心配いらない。ちょうど抜け穴ができたばかりだ。抜け穴を通れば、誰にも知られずに出入りできるよ」

卯之吉はのほほんと笑った。

＊

銀八が同心姿の幸千代を連れて戻ってきた。掘割の土手から抜け穴を通って入ってきたのだ。

幸千代は激しく憤った顔つきだ。

「相も変わらず警固の手薄な屋敷だな。曲者《くせもの》が出入りし放題ではないか！」

卯之吉は「ほほほ」と笑った。

「お陰であたしはいつでも遊びに出掛けられます。さて、お手をお見せくださいませ」

「わしの手には、なにもできておらぬ」

差し出された両手は綺麗なものだ。卯之吉は訊いた。

「若君様は甲斐においでなさったころ、山中を歩き回りましたか」

「歩き回った」

卯之吉はひとつ、頷いた。

「はいはい。なるほどなるほど」

「なんじゃ？　もう謎解きができた、といわんばかりの顔つきじゃな！」

「いえいえ。手前にできるのは医師の見立てだけでございますよ。一回は消えて、再び現われた骸の見立てはまだまだです。それでまぁ、これから問題の寮を見てこようと思うのですがね」

「行ってこい。必ず調べをつけてまいれ！　わしにはまったく謎が解けずに、昨夜からイライラさせられておるのだ！」

「それは大変。どうぞお大事に。ところで、あたしがこちらのお屋敷を離れるっていうと、お付きのお侍様やお女中がたが大騒ぎを始めます。ついては若君様、あたしが戻るまで、あたしの代わりを務めてくださいませんかね」

「お前の代わり？」

「若君様の替え玉の替え玉。よろしくお願いいたしますよ。お屋敷から替え玉がいなくなるっていうと皆さんお怒りになるんです。叱られるのはあたしなんですからねぇ」

　幸千代は（なにを言っているのだ、お前は）という顔をした。銀八と由利之丞もまったく同じ思いであった。

「ともあれ、お前が戻るまでは、この屋敷に留まろう」

「それがよろしゅうございます。騒ぎを起こさないことが一番。お付きの皆様も安心でございます」

「お付きの者どものことなど、どうでも良いわ。わしはお前の謎解きが聞きたい。疾《と》く、調べをつけて、戻ってまいれ」

「畏まってございますよ」

卯之吉はほんのりと笑みを浮かべた。

卯之吉と幸千代はそれぞれ着ているものを交換した。同心姿に戻った卯之吉は抜け穴に潜っていった。抜け穴の入り口は井戸に偽装してある。

幸千代は「ふんっ」と鼻を鳴らしながら御殿に向かう。庭の池にかかった橋を渡った。

その時であった。一人の姫がやってきた。気晴らしの散策を楽しむために庭に出てきた、という風情《ふぜい》だ。美鈴と、別式女の松葉を従えていた。

幸千代と目が合った。途端に真琴姫の表情が変わった。

「あなた様は！」

幸千代に駆け寄る。従おうとした美鈴たちには「ここに留まれ」と命じて、一人で橋を渡った。

橋の真ん中で二人は見つめ合った。

「あなた様は、本当の幸千代君！……お会いしとうございました」

幸千代を見つめる目から、大粒の涙が溢れ出る。

「真琴姫か」

幸千代は、不機嫌なような、困ったような顔で姫を見ている。

それからは無言だ。姫は溢れ出る感情を言葉にできず、幸千代も何も答えない。橋の上でただただ目と目を合わせていた。

美鈴は距離をおいて控えている。若い許嫁《いいなずけ》の二人を見守った。

（遠くから、一目見ただけで本物の幸千代君だと見抜くなんて……）

真琴姫の幸千代を恋い慕う気持ちは本物なのだ、と覚った。

四

正午を過ぎた頃、卯之吉は町駕籠《まちかご》と舟とを乗り継いで深川の大番屋へと到着した。銀八と由利之丞を従えている。

「これが亡くなっていたお人かえ。よく見えるように窓を開けて、明るくしておくれな」

大番屋に寝かされた骸を検めていく。夏場は腐らぬように塩漬けにするが、晩秋の今は気温が低い。一日放置されていたが、腐敗は進んでいなかった。

卯之吉の様子を昨日の番太郎が不思議そうに見ている。

「八巻の旦那、昨日とは別人のように穏やかなお人柄だな……？」

銀八は慌てた。

「う、うちの旦那は、酒が入ると別人のようになっちまうんでげす！」

卯之吉は本多屋敷で酒を飲んでいた。まだ頬が紅く染まっている。

そんな囁《ささや》き声には気も留めず、卯之吉は銀八に質した。

「二階の座敷で見つけた時には、まだ肌が温かかったんだね？」

「さいでげす。脈を計るため首筋に触ったんでげすが、生きてる人みたいに温かかったでげすよ」

「昨晩はだいぶ冷え込んだよね。もうすぐ冬の到来だからねぇ。寒い季節なら、死んだお人の肌もすぐに冷えるはずだよ」

卯之吉は骸の首筋を指で撫《な》でた。

「死因は絞殺《こうさつ》だよ。麻の縄で絞め殺したんだ。首に縄の痕があるだろう？　衿《えり》には麻の屑もついている。首には自分の指で掻きむしった痕がある。縄を解こうともがいたんだね。激しく暴れたに違いないのさ」

「ですがね、若旦那」

銀八が異を唱える。

「暴れた物音なんか、聞こえなかったでげすよ」

由利之丞が同意する。

「おいらも寮の前にいたけれど、聞こえてきたのは、バタリと何かが倒れた音の一度きりだったよ。……うーん。あの物音は、首吊りの台を蹴り倒した時の音だったのかな？」

銀八が首を横に振る。

「鴨居《かもい》から首吊りの縄が下がっていたわけでもねぇでげす。足場にしていた台が転がっていたわけでもねぇんで。二階座敷にゃあ、骸のひとつが転がっていただけなんでげす」

卯之吉は「ふむ」と言って、ちょっと考える顔つきとなった。

「正太郎ってお人の証言も気になるねぇ。正太郎さんが見たのは、全身が真っ赤に焼けただれて、口の中まで腫れ上がって、息もできない死にざまだったんだろう？　だけどこのお人は首を絞められているだけで、肌は綺麗なものですよ」

するとと番太郎がいきり立った。

「正太郎って野郎がいい加減なことを抜かしていやがったのに違いねぇです！　くそぅ、最初から怪しいと睨んでいたんだ！　縄でふん縛《じば》っておけばこんなことにゃあ……！」

卯之吉は「いやいや」と言って番太郎をなだめた。

「正太郎ってお人が嘘をついたと決めつけるのは早いよ。だってほら、銀八と由利之丞さんは手が赤く腫れている」

「あっしもですよ。今朝から痒くてたまらねぇ」

番太郎が手を見せた。赤く爛《ただ》れていた。

「ところがだよ。幸千代様だけが、なんともなかった。これが謎を解くひとつの鍵だね」

親仁が首を傾げる。

「幸千代様ってのは、どちらさんのことなんで？」

銀八が慌てて割って入った。

「こっちの話なんで、気にしねぇでおくんなさい」

卯之吉は「ともあれだ」と言った。

「寮を調べに行こうじゃないか。それで？　どこにあるのかねぇ」

銀八はまたしても慌てた。親仁に向かって言う。

「う、うちの旦那は、とんでもねぇ方向音痴で、一回行った所にも行けなくなっちまうっていう、困ったお人で……」

もうすぐ冬だというのに汗がダラダラと滴《したた》り落ちる。

そこへ足音もけたたましく荒海ノ三右衛門が駆け込んできた。卯之吉が町飛脚に文を託して呼びつけたのだ。

「おうッ、今度こそ本物の旦那だ！　荒海ノ三右衛門、ただいま御前に参じやしたぜ！」

木戸番の親仁はますます怪訝《けげん》な顔をする。

「本物の旦那？　そりゃあ、いってぇ、どういう話なんで？」

さすがの銀八も「ああ……」と呻いて、頭を抱えるしかない。

＊

卯之吉たち一行は問題の寮の前に立った。卯之吉は周囲の景色を見渡す。

「野中の一軒家か。昼間でも寂しい場所だね。夜中はもっと心細くなるだろう」

それから二階家の寮に目を向ける。

「寮の中の物は、一切、触っても動かしてもいないんだね？」

卯之吉が確かめると番太郎は大きく頷いた。

「大番屋から来た若い衆が交代で見張ってますぜ」

若い男が二人、六尺棒を手にして見回りをしていた。

ここで卯之吉はなにゆえか、白い鹿革の手袋を出して両手につけた。革の手袋は長崎のオランダ商人から買った物だ。当然に値が張る。江戸の庶民は革手袋など見たことすらないだろう。

「それじゃあ、お邪魔しようか」

卯之吉は戸を開けた。

踏み込んだ最初の部屋は台所だ。土間になっている。壁際には竈と水瓶《みずがめ》、食器を洗うための流しがあった。

卯之吉は流しに目を止めた。丼と箸が置いてある。

「まさかとは思うけど、見張りをしている大番屋の若い衆が使った丼じゃないよねぇ」

番太郎が答える。

「みんな弁当箱を持参ですぜ」

「ということは、あの丼と箸は、この家にいた人が最後の食事に使った物、ということになるね」

卯之吉は流しに顔を寄せて凝視する。続いて今度は竈にかけられた鉄鍋を見た。蓋を開ける。

銀八も覗き込んでくる。

「草粥のようでげすね」

緑色の葉っぱが粥と一緒に煮込まれていた。卯之吉は注意する。

「食べたりするんじゃあないよ」

いくらなんでも、殺人があった家のものを食べる気にはならない。

卯之吉は土間のあちこちに目を向けた。

「おや、これはなんだろう」

戸棚を見つけて戸を開けた。その戸棚は簞笥のように大きい。銀八も覗き込んだ。

「お皿や丼をしまっておくための棚……でげすかね？」

「そうだとしたら大家族だよ。いったい幾つのお椀や大皿が収まると思う？　こんなに大きな食器棚は、流行《はや》りの料理茶屋（料亭）ぐらいでしか見たことがないよ」

「なんでこんなに大きいんでげすかね？」

「お前ね、あんまり顔を近づけさせないほうがいいよ。さもないと今度は顔が腫れてしまうよ」

謎めいたことを言うと、雪駄を脱いで座敷に上がった。

文机《ふづくえ》が置いてある。筆置きには大小の筆が三本、揃えてあった。卯之吉は「ふむふむ」と頷いている。

「筆はあれども硯《すずり》がない。銀八、これを見て不思議だとは思わないかい」

卯之吉は筆を取って、穂先をじっくりと見た。

「矢立《やたて》をお貸しよ」

矢立とは、携帯用の墨壺《すみつぼ》と筆を入れる用具のことだ。銀八はいつも腰から下げている。卯之吉は矢立を受け取ると、筆の先を墨壺に差し込んだ。

筆を引き上げて、またしても観察する。

「見てごらんよ銀八。この筆は墨を吸ってない」

卯之吉は机の上に紙を見つけて筆を走らせる。途切れ途切れのかすれた線が引かれた。

「ひでぇ筆でげす。こんな安物、見たことねぇ。手習いの小僧だって、もうちっとはマシな筆を使ってるでげすよ」

「ところがねぇ。筆の柄《え》の竹は高級品なんだ。値の張る筆だよ。こいつはね、墨を吸わせて文字を書くための筆じゃないね」

卯之吉は荒海ノ三右衛門に顔を向けた。

「人探しだ。すまないが子分衆を走らせておくれ。見つける相手は塗物《ぬりもの》を商う大《おお》店《だな》のご主人。この寮に住んでいた職人の名を知っている人がいるはずさ。そしてもう一つある。〝漆塗り職人に弟子入りするはずだった正太郎〟ってお人をみつけておくれ。手が赤くかぶれて腫れているはずさ。ご主人と正太郎さんの二人を捜し出して本所の大番屋まで連れてきておくれ」

三右衛門は「へいっ」と答えて、走り出ていった。

銀八は首を傾げている。

「若旦那、ここで死んだお人の素性がわかったんでげすか？」

「わかったよ。というより、実は最初からわかってた。漆塗りの職人さんだ。お前たちの手を見ればわかる。それは漆にかぶれたんだ。この家のいたるところに漆の液や乾いて飛んだ漆の気がついている。漆ってのは、その木に近づいただけでもかぶれるのさ」

卯之吉はひとりだけしっかりと手袋をつけている。

「あっしらの手が痒かったのは、漆に触っちまったからなんでげすか」

銀八と由利之丞と番太郎は手指を掻きむしりはじめた。

由利之丞が番太郎に聞こえないように小声で問い返す。

「若旦那、幸千代君だけ、かぶれなかったのはどうしてだい？」

「漆は、慣れてしまえば、かぶれなくなるのさ。幸千代君は甲斐の山中を駆け回って育ったって言ってたよね。漆は甲斐の名産だよ。山々には漆の木がたくさん生えていたのに違いない。ご自分でも気がつかないうちに、漆にかぶれないお身体になっていたってわけさ。幸千代君だけがかぶれなかった、ということを知って、あたしは、漆で間違いないと見当をつけたわけさ」

続けて卯之吉は〝書けない筆〟を手にした。今度は大きな声だ。

「はっきりとわかったのは、この筆のおかげだ」

「筆？」

「穂先が墨を吸わない、字が上手《うま》く書けないのは、この筆が漆塗りに使うための特別な筆だからだよ。そういう次第でね、漆を扱う塗物問屋をくまなくあたれば、ここで殺された職人さんの素性がわかるはずさ」

木戸番の親仁はすっかり感服しきった顔つきだ。

「さすがは八巻の旦那だ！……だけど、それならなんで昨夜《ゆんべ》のうちに目星がつかなかったんですかね？」

銀八は悩ましい。

「深い詮索《せんさく》はしねぇでほしいでげす」

卯之吉は座敷の壁際に小簞笥を見つけた。書類をしまう物のようだ。引き出しの中をまさぐっている。

「おや！　これは！」

「なにを見つけたんでげす？」

卯之吉は答えず、引き出しから取り出した紙を折って懐に入れた。

由利之丞が卯之吉に問いかける。

「幽霊の謎解きはどうなの？　おいら、恐くて夜も眠れない。早く謎を解いてほしいよ」

「それは夜にならないと無理だね。昨夜と同じ真っ暗な座敷にしないとねぇ」

由利之丞は怖じ気《おけ》をふるう。

「夜中にまた来ようってのかい」

「それまでは大番屋に戻って、荒海の親分さんが戻ってくるのを待とうじゃないか。人が死んだ場所にいるのは恐いからねぇ」

「大番屋には、その殺されたお人の骸が寝かされてるじゃないか。どっちにしても恐いよ」

由利之丞が文句を言った。

*

荒海一家が問題の漆器商《しっきしょう》を見つけて連れてくるまでに三刻《みとき》（陽の短い季節なので五時間ほど）がかかった。江戸中を走り回って漆器屋を手当たり次第に聞き込みをして、ついに見つけた問題の商人を連れてきたのだ。荒海一家でなかったら、二日はかかる大仕事であったろう。

「塗物問屋の木乃国屋太兵衛にございます」

五十歳ばかりの実直そうな商人が低頭した。太い眉毛がハの字に垂れた、ちょっと愛嬌《あいきょう》のある顔だちである。

卯之吉は訊ねた。

「本所小梅村の寮で仕事をしている職人さんを知っていなさるかえ」

「はい。塗師の治左衛門にございます」

「その名前なら耳にしたことがあるね。腕は立つけれど、たいそう気難しいお人らしいね」

「いかにも偏屈で気難しゅうございまして、近隣の家が五月蠅《うるさ》くて仕事にならぬ、などと申しまして、寂れた場所に一軒家を建てております」

「なるほどね。それじゃあちょっと、仏様の顔を検めてもらおうかねぇ」

「仏様?」

「治左衛門さんが殺されちまったようなんだよ。奥に寝かせてある」

卯之吉は木乃国屋太兵衛を連れて奥の土間に向かった。骸の上に被《かぶ》せられていた莚《まく》を捲り上げる。一目見るなり太兵衛は「ああ……」と嘆きの声を漏らした。

「塗師の治左衛門さんでございます。いったいどういうわけで、こんなことに」

「それはこっちが訊きたいんだけどね」

卯之吉は太兵衛を見つめた。口元に笑みを含んだその表情は、太兵衛にとっては、たいそう恐ろしく見えたに違いない。

太兵衛の顔がみるみるうちに青くなる。額にはふつふつと冷や汗が滲《にじ》んできた。卯之吉はじっと観察している。

「治左衛門さんに仕事を依頼なさったのは木乃国屋さんってことでよろしいんですかね？」

「は、はい……手前の店で、仕事を頼みました……」

「その仕事のせいで治左衛門さんは殺されちまった、とあたしは見ている」

激しく動揺する太兵衛の目を、卯之吉は覗き込んだ。

「どんな仕事を頼んだのですかえ？」

「そ、それは、申しあげられませんッ」

卯之吉は自分の懐をまさぐって一枚の紙を取り出して広げた。

「治左衛門さんの寮の引き出しに入っていたものだ。お椀に押す蒔絵《まきえ》の下書きだろう。ご覧よ。三葉葵の紋だ。注文を出したのは将軍家だね。その仕事をあなたは治左衛門さんに任せた。違いますかね？」

「お上より承《うけたまわ》った仕事については、たとえ町奉行所のお役人様に問われましょうとも、けっして口外はできませぬッ」

「その建前はよくわかりますよ。だけどねぇ、治左衛門さんが作ったお椀のせいで、将軍家のどなたかが毒殺されようとしているんですよ」

「毒殺……！」

「これでも建前を構えていられましょうかね？」

木乃国屋太兵衛は腰を抜かした。その場で失禁でもしそうなほどに怯《おび》え始めた。

＊

卯之吉たちは治左衛門の寮に向かう。すでに陽は没している。夜になっていた。

「さて、幽霊の謎解きだよ。提灯は、昨日と同じようにしておくれ」

番太郎と銀八と由利之丞が提灯に火を入れて持つ。卯之吉は楽しそうだ。由利之丞は銀八に訊いた。

「若旦那は幽霊が怖いんじゃなかったのかい」

「なにかのカラクリだとわかっていれば、恐くないんでげすよ」

そこへ、昨日はここにいなかった俠客がやってきた。

「さあ来やがれッ。キリキリ歩けッ」

縄を掛けられた若者が、荒海一家の寅三に引かれてやってくる。番太郎が叫んだ。

「手前《てめ》ぇは昨日の正太郎！　手前ぇが殺しの下手人だなッ」

「違うッ」

「じゃあ、なんで逃げたりしやがったんだッ」

正太郎は大粒の涙を流してすすり泣いた。

「オイラ、おっかなくなっちまったんだ……」

卯之吉は優しく訊ねた。

「逃げちまったら下手人だと疑われても仕方がないよ。ところで、なにがそんなに恐かったんだい？」

「八巻の旦那が……」

「えっ」

「今にも叩き斬られてしまいそうで」

「あたしが？　そんな乱暴なことをするはずがないよ」

銀八が卯之吉の袖を引く。耳元で囁く。

「幸千代様のことを言ってるんでげすよ」

「ああ、そういうことかい。あの八巻サマは恐いお人だからねぇ。ともかく縄を解いてやっておくれ。このお人は下手人じゃないからね」

自分のことを八巻サマと呼ぶのはおかしいが、番太郎も正太郎も、この同心様は変人らしい、と考えて深く考えないようにしたようだ。

寅三が縄を解いた。卯之吉は正太郎を伴って寮に入る。皆がぞろぞろと従った。

「さぁて、謎解きだ。順番に話すと、
一、正太郎さんは夕刻、ここにやってきて、土間に面した一階の座敷で悶え死にをするお人を見た。
二、報せを受けて南町の八巻サマたちがここにやってきた。その時には一階座敷の骸は消えていた。
三、番太郎さんと由利之丞が提灯を手にして二階座敷にあがった。そして老人の姿を目にした。その人は幽霊みたいに姿をかき消してしまった。
四、八巻サマが確かめに行くと、二階座敷には誰もいなかった。行灯だけがぼんやりと灯《とも》って見えた。正太郎さんが逃げたので、八巻サマは座敷の中を検めずに一階に下りた。
五、外で騒ぎがあった後、二階で何かが倒れる音がした。上がってみると首を絞められて殺された治左衛門さんの骸を見つけた。その身体はまだ温かかった。
「……ということでいいかね？」

皆は深刻な顔で頷いた。番太郎は震え上がっている。

「あっしが見たのは、ボンヤリとした姿の年寄りで、ありゃあ治左衛門の幽霊だったとしか思えねぇ」

由利之丞が頷いて同意する。

「見ているおいらたちの目の前で、急に消えちまったんだ」

卯之吉は「うんうん」と頷いてから、再び語りだした。

「正太郎さんは昨日、この寮に初めてやってきたんだね？　塗師名人の治左衛門さんに弟子入りするためだ。ところが、そこの板の間で人が悶え苦しんでいた。息が詰まって死んでしまった」

正太郎は真っ青な顔で頷いた。

「全身が真っ赤にただれて、口の中まで腫れ上がっていて……本当に恐ろしい死にざまでした」

番太郎が卯之吉に訊く。

「治左衛門は、いってぇ誰に殺されたんですかい？」

「そのお人が死んだ理由が、誰の仕業なのかと聞かれたら、答えは治左衛門さんだよ」

皆で怪訝な顔つきとなる。卯之吉がなにを言っているのか、わからない。

「そもそもだ。正太郎さんが見たお年寄りは治左衛門さんじゃない。治左衛門さんの首を締めて殺した下手人に違いない。あれを見てごらんよ」

竈にかかった鉄鍋を指差す。

「鍋の中の粥を食べてしまって、その悪党は死んだのさ。正太郎さん、あの粥は、本当は、あなたが食べるはずだったんだよ」

「えっ、すると、治左衛門親方は手前を殺そうとした……？」

「違うよ。漆職人に弟子入りする者は、誰でも最初に漆の葉っぱを食べさせられるんだ。すると漆の毒が全身に回る。胃や腸から全身が焼けただれて高熱を出す。三日も寝こむはめとなる。その熱が下がると、その後はもう、どれだけ漆に触っても、まったくかぶれない身体になるんだね。漆を塗るたびに手指が痒くなっていたのでは仕事にならないからね。漆職人に弟子入りする時には、こういう荒行《あらぎよう》が行われるのさ」

ここで卯之吉は、ちょっと忍びない顔つきとなった。

「治左衛門さんを殺した悪党は、治左衛門さんが作っていた粥を、そうとは知らずに食べた。若いお人なら命を取り留める荒行だけど、その悪党は年寄りで、老いた身体では耐えられなかった。漆の毒に負けてしまい、悶え苦しみながら死んだ。ま、食い意地が張っていて、食べすぎたのかもしれないけどねぇ」

番太郎が訊く。

「悪党の骸はどこへ行っちまったんで?」

「正太郎さんが番屋に報せに走っている間に、悪党の仲間が来て運び出したんだろう。本物の治左衛門さんの骸も運び出したかったはずさ。ところがそこへ、八巻サマの一行が来た。悪党は治左衛門さんの骸と一緒に、どこかに隠れなければならなかった」

「どこに隠れたんです」

卯之吉は真上を指差した。

「二階だよ。それじゃあ二階に上がってみよう」

二階の座敷は静まり返っていた。行灯に火も入っていない。大川の水の流れる音と、川を渡る風の音、葦の葉の鳴る音だけが聞こえていた。

卯之吉は廊下に落ちている提灯を指差した。

「これは誰の持ち物だろう?」

由利之丞が答える。

「オイラのだ。幽霊にびっくりして投げ捨てた。蠟燭の火が消えて良かったよ。提灯の火が襖に燃え広がっていたら、大火事になるところだった」

卯之吉は「うんうん」と頷いた。

「それじゃあ、昨日の夜のようにやってもらおうか。由利之丞さんだけが提灯を手にして」

銀八が火のついた提灯を渡した。卯之吉は落ちていた提灯を拾うと火を点けさせた。

「あたしが『いい』と言うまで襖を開けちゃ駄目だよ」

そう言い残して一人で座敷に入り、後ろ手に襖を閉める。

座敷の中でなにやら細工をしている音がする。廊下で待つ銀八、由利之丞、三右衛門と番太郎は首を傾げて顔を見合わせた。やがて座敷の中が真っ暗になった。卯之吉が提灯を吹き消したのだ。

「よし、いいよ。昨日の夜みたいに座敷を覗いてごらん」

卯之吉の声がする。番太郎はゴクリと唾を飲んで頷いた。

「それじゃあ、お命じのとおりに……。あっしと、この若《わけ》ぇのが一緒に座敷を覗いたんでございやす」

番太郎は襖に手を掛けて横に滑らせた。

「オイラが提灯を翳したんだよ。座敷の中は暗かったからね」

提灯を突き出す。そして番太郎と由利之丞は同時に悲鳴をあげた。

銀八も仰天する。三右衛門も思わず懐に忍ばせた脇差しを握ったほどだ。

闇の中にボオッと幽霊が浮かび上がっている。三右衛門は叫んだ。

「死んだ治左衛門の亡霊かッ」

由利之丞が提灯を取り落とした。火が消える。幽霊の姿がかき消えた。

卯之吉が悲鳴をあげた。

「おいおい真っ暗じゃないか！　恐いよッ、早く火を入れておくれなッ」

本気で怯えている。突然に恐くなったらしい。

銀八は懐から懐炉《かいろ》を出すと、火縄の火を蠟燭に移した。二階の廊下が明るくなる。と同時にまたしても、幽霊の姿が浮かび上がった。皆で一斉に悲鳴をあげた。

卯之吉の姿は相変わらず見えないけれども、声だけは聞こえる。

「みんな、落ちつきなさいよ。番太郎さん、右手を上げてごらんなさい」

「えっ、……へい」

番太郎は言われた通りにした。すると幽霊も片手をあげた。

「あれっ？」

番太郎は自分の顔に触ったり、耳を引っ張ったりした。すると幽霊も顔に触り、耳を引っ張った。

「もしかして、鏡に映ったあっしの姿なんですかい？」

「鏡じゃないけどね。似たようなものさ」

卯之吉は「ふふっ」と笑った。

「治左衛門さんの幽霊に見えていたのは番太郎さんのお姿だったのさ。同じ白髪頭だ。だけどね、自分の顔を他人の幽霊と見間違えるなんて、おかしな話だね」

番太郎は白髪頭をポリポリと掻いた。

「面目ねぇや」

銀八と三右衛門も覗き込んだ。二人の姿が闇の中に浮かび上がる。三右衛門は両腕を振り回して、それが鏡映しの自分の姿であることを納得してから、それでも不思議そうに聞き返した。

「腰から下が見えねぇのは、提灯の光が当たっていねぇからか。ですがね旦那。なんだかこう、霞《かすみ》がかかったみてぇにボンヤリとしていて、顔も姿も歪《ゆが》んで見えやすぜ」

「ともあれ座敷にお入り」

卯之吉がそう言ったので、皆で座敷に踏み込んだ。銀八が提灯を翳す。卯之吉は一畳分ほどの大きさの板を縦に立てて後ろから支えていた。

三右衛門が訊ねる。

「なんなんですかい、この板は」

「黒漆塗りの板だね。仏壇にでも使うのか、それとも床の間の床板に使うのかな。黒漆を塗って磨いてある。鏡みたいに人の姿が映ったのは、そのせいだ」

三右衛門たちは黒漆塗りの板を取り囲んで、熱心に、あるいは不思議そうに眺める。卯之吉は説明を続ける。

「だけど鏡みたいにくっきり映るわけじゃない。漆塗りの壁に映った姿はまるで妖怪だね」

三右衛門が頷いた。

「塗り壁妖怪か」

「番太郎さんと由利之丞さんが座敷を覗き込んだときにも、こうやって板を立てていた人がいたんだ」

番太郎が耳を疑う顔つきとなった。

「確かですかい」

「確かな話さ。だって、板がひとりでに立つわけがないからね。誰かがいたんだ。間違いない」

「なるほど。……オイラとしたことが人の気配に気づかねぇとは、とんだしくじりだ！」

「息づかいや衣擦《きぬず》れの音がしたとしても、幽霊の気配だと勘違いしたんだろう。次に、幸千代様がこの座敷を覗き込んだんだったね」

銀八が（もう駄目だぁ）と思いながらも義務感で訂正する。

「旦那がご自身で覗き込んだんでげすよ」

「そうそう。南町の八巻サマが座敷を覗いた。すると、行灯が反対側の位置に見えた。それはこの板がちょっとずらされて斜めになっていたからだ。八巻サマの目には、ご自身の姿は映らず、部屋の隅の行灯が見えた」

「なるほど」と番太郎。

「その時、正太郎さんが逃げ出して、その騒ぎに気を取られた八巻サマは階段を下りて表に飛びだした。八巻サマがいなくなったのをいいことに、板の陰に隠れていた悪党はここから逃げだすことにした。そして手にしていた板を倒す」

板がバタンと倒れた。由利之丞が「あっ」と叫んだ。

「二階から聞こえたのは確かにこの音だよ」

「そうだろう。板は裏返しにされて部屋の隅に置かれた。するとその裏側はただの床板にしか見えない。板の後ろに隠されていたのは、悪党に絞殺された治左衛門さんの骸だった。戻ってきた八巻サマがそれを見つけた。今、大番屋に寝かされている骸だね」

銀八が訊く。

「悪党は、どこへ行ったんで」

卯之吉は障子窓を開けると、提灯を突き出して屋根瓦の上を照らした。

「屋根瓦は全体に土埃《つちぼこり》をかぶっているのに、この辺りだけ埃がついていない。悪党の草鞋《わらじ》や着物の裾《すそ》で擦《こす》れて、埃が払われたからだね。うん。悪党はここから外に逃げ出したんだ」

番太郎が「さすがですぜ！」と大声をあげた。

「さすがは八巻の旦那だ！　これにて一件落着ですな！」

卯之吉は困った顔をした。

「なにも落着していないよ。曲者がどこの誰なのかわからない。どんな悪事を働いたのかはわかったけど、悪党を捕まえなければ落着しない」

「若旦那」

声を掛けたのは銀八だ。

「この座敷で見つかった時、治左衛門さんの骸はまだ温かかったでげすよ」

由利之丞が頷く。

「そうだった。今まで生きてたお人みたいに温《ぬく》もってたよね」

「骸が見つかる寸前まで生きていたのなら、紋め殺したのはこの座敷で、ってことになるでげす。もがき苦しむ治左衛門さんと、紋め殺そうとする悪党が大きな音を立てたはずでげす。だけど、音がしたのはたったの一回きり。この板が倒れる音だけでげすよ？」

三右衛門が顎《あご》など撫でる。

「確かに平仄《ひょうそく》があわねぇようですぜ」

卯之吉は「うん」と頷いた。

「なぜ骸が温かかったのか、その理由も、まぁ、わかってる。みんな、一階においで」

卯之吉は先に立って階段を下りていく。皆でゾロゾロと従った。

一階の、板敷きの部屋に戻る。巨大な簞笥を指差した。

「これはね〝漆風呂〟っていうんだ」

横開きの戸を滑らせた。

「漆を塗ったら、乾かさないといけない。寒い季節だとなかなか乾かなくて、塵《ちり》がついたり曇ったりする。だからこの簞笥の中に納めて乾かす。家の外に竈があったろう。あの竈に火を入れる。すると熱気が管を通って伝わって、漆風呂の中の漆器を乾かすんだ」

卯之吉は戸を閉めた。

「殺された治左衛門さんの骸は、漆風呂の中に押し込められて隠された。だから、死んでからずいぶん経つのにホカホカに温まっていた」

三右衛門が「ううむ」と唸《うな》った。

「面倒なことをしやがったもんですな」

「急いで隠したんだろう。骸が見つかったときにホカホカだったから、治左衛門さんは殺されて間もない──と、皆が勘違いをしてしまった。だけどそれは偶然そうなった、というだけのことさ。悪党に、殺しのあった時刻を誤魔化《ごまか》そうって考えがあったのかどうか、怪しいものだね」

卯之吉はきっぱりと断言した。

「漆風呂に熱気が通されていたのは、別の目的があってのことだ。そっちのほうが重大事さ」

三右衛門が問い返す。

「どんな目的なんで？」

「もちろん何かを乾かすためだろう。問題なのは何を乾かしていたのか、だ」

卯之吉の思案は続く。

五

翌朝、卯之吉は同心の姿で本多出雲守の上屋敷に向かった。

老中の上屋敷は江戸城内にある。大手門の正面の曲輪《くるわ》だ。しかし、城内だけあって敷地は手狭《てぜま》だ。老中の政庁だけが置かれ、生活の場は中屋敷や下屋敷の御殿にある。

卯之吉は堂々と「南町の八巻ですが」と言って通った。門番とは顔見知りだ。本多家の家来たちまで卯之吉のことを「本多出雲守の懐刀」だとか「老中の密命を受けて暗躍する隠密同心」などと信じ込んでいる。どうしてそんな話になっているのか、卯之吉にも銀八にもまったくわからない。

台所口から御殿に入って、ひとつの座敷で待っていると、せわしない足どりで本多出雲守がやってきた。

「なぜお前がここにいる！　影武者の務めはどうしたッ」

あいさつもなく、立ったまま卯之吉を怒鳴りつける。ただでさえ老中は忙しい。政務はいつでも山積みである。金相場の乱高下《らんこうげ》に翻弄《ほんろう》されている今は尚更であろう。これから登城もしなければならない。

ところが卯之吉はいつでも、のほほんと笑っている。

「それでは、ご挨拶抜きにさせていただきまして、用件のみをお話しさせていただきます。三葉葵の御紋の入った汁椀をお貸しいただけませんでしょうか」

「なにッ、三葉葵じゃと……！」

さすがに本多出雲守の顔色が変わった。

「将軍家の御紋が入った椀じゃとッ、いったい何に使う気だ！　洒落《しゃれ》や冗談では済まされぬぞ！」

「人のお命を救うためですよ」

「なんじゃと」

「このままでは幸千代様のお命が奪われまする。それをどうにか食い止めようとして、あたしは頭を悩ませているのですがね……」

出雲守の顔色が変わった。卯之吉の前に座る。近侍の武士が廊下から声を掛ける。

「御登城の刻限にございまする」

「かまわぬ。本日の評定の相手は若年寄たちだ。待たせておけ！　そなたは下がっておれ。人払いじゃ！」

廊下から家来たちが去ったのを待って、出雲守は卯之吉に質した。

「子細を申せ」

卯之吉は「それでは順を追ってお話しします」と語りだした。実際に起こった出来事と、卯之吉が調べたこと、そしてそれらがもたらすであろう結論を推察して語った。

「……というわけでしてね。三葉葵の御紋が入った汁椀がいるのですよ」

出雲守は青黒い顔で聞き終えて、頷いた。

「三葉葵の汁椀なら、この屋敷にある」

「あるのですかえ？」

「上様が御成りあそばすこともある」

将軍が大名の屋敷に遊びに来ることを〝御成り〟という。

「その際には当家の椀では食事は出せぬ。将軍家の椀で食していただく」

「なるほど。では、その椀をひとつ、貸してください」

非常識なのか、度胸がありすぎるのかわからない。卯之吉は（あたし、なにもおかしなことは言ってませんよね？）という顔つきで微笑《ほほえ》んでいる。

＊

江戸城から将軍家御使者として富士島ノ局がやってきた。行列が本多家下屋敷の門をくぐる。屋敷で働く者たちは、近仕の侍も女中たちも大忙しだ。畳廊下や濡れ縁を大勢の者たちが摺り足で行き交った。

柳井伝十郎は陰気な顔で御殿の廊下を歩いている。

大井御前もやってきた。伝十郎はサッと道を空けて、畳廊下に膝をついた。

大井御前が伝十郎に目を止めて声を掛ける。

「柳井か。本日は上様より幸千代君に什器が下賜され、その儀式がある。そのほうも書院御殿で臨席するように」

「ははっ」

伝十郎は深々と顔を伏せた。

いよいよ毒殺が実行される。今日が幸千代の命日となるのだ。

富士島ノ局が江戸城より持ってきた什器が台所に運ばれた。三葉葵の紋が入った膳、蓋付きの椀と汁椀、皿などである。漆の椀はしつこく洗わない。清潔な布で拭き、目で見て汚れがついていなければ良しとされる。

料理人が飯と汁、肴を盛りつけていく。盛りつけが終わると毒味役の許に運ばれた。

書院では、幸千代が床ノ間の前に座っている。本多出雲守、富士島ノ局、大井御前が侍《はべ》っている。さらには大勢の武士たちが臨席していた。書院ノ間に通じる二ノ間や畳廊下で正座する。その中には青い顔をした柳井伝十郎の姿もあった。

台所から膳が運ばれてくる。運んでくるのは近侍の武士たちだ。

膳が幸千代、本多出雲守、富士島ノ局、大井御前の前に据えられた。これから四人で会食をする。

幸千代が使う什器には三葉葵の紋が入っていた。富士島が笑みを向けた。

「上様よりの贈り物にございまする」

幸千代は「うむ」と頷いた。

「兄上の温情、ありがたく頂戴いたす」

椀の蓋を開ける。幸千代は箸を手に取った。

富士島が勧める。

「ご飯が冷えておりましょう。湯漬《ゆづけ》になさいませ」

冷えて固まったご飯に湯をかけて戻すことを〝湯漬〟という。茶をかけたならば茶漬けとなる。

「上様も湯漬が大好物におわしまするぞ」

富士島が言うと幸千代は大きく頷いた。

「兄上の好物か。ならば余《よ》も湯漬といたそう」

小姓番の一人に命じる。小姓番は白湯《さゆ》の入った銚子を掲げて膝行《しっこう》してきて、静々と湯を注ぎ込んだ。

「いただくとしよう」

幸千代が椀を顔に近づける。富士島は意味ありげな笑みを浮かべてじっと見つめている。幸千代が箸の飯を口に運ぼうとした、その時であった。

「お待ちくだされ」

突然、庭に踏み込んできて、凜《りん》と声を発した者がいた。

書院御殿の障子は開け放たれている。白砂の敷きつめられた庭がよく見える。日差しの下に黒巻羽織の同心が立っていた。

「そのお椀で食事をなさってはなりませぬ。若君様のお命に関わりまするぞ」

見知らぬ闖入者《ちんにゅうしゃ》だ。一同が騒《ざわ》めく。近仕の武士たちが腰の刀を握って腰を浮かせた。

富士島が目尻《めじり》を逆立てて絶叫する。

「曲者ぞ！」

庭に飛び下りた武士たちが同心を取り囲んだ。それでも同心は悠然たる様子で笑みなど浮かべて見せた。

「拙者、断じて曲者などではございませぬ。南町奉行所同心、八巻卯之吉。本多出雲守様直々のご下命《かめい》を拝しまして、お屋敷廻りを警固する役目を仰せつかっております る」

書院には書院窓という小窓がある。障子が細く開けられて、外から卯之吉が覗き込んでいた。

「由利之丞さん、たいした役者だねぇ」

庭に立つ〝八巻卯之吉〟は由利之丞であった。幸千代に瓜二つの卯之吉が出ていくわけにはいかないので、代わりに芝居を頼んだのだ。

抜け穴の普請場からやってきた水谷弥五郎も、心配そうに覗き込んでいる。

「大丈夫であろうかの。大舞台に上がった時ほど、しくじりをする男だ」

「まあ、なんとかなるでしょう。このお芝居を見ているのは徳川家の偉い人たちだ。お芝居は見慣れちゃいません。芝居見巧者《みごうしゃ》の大向こうとは違いますよ」

役者にとっていちばん恐いのは〝大向こう〟に座った芝居数奇《ずき》（観劇マニア）だ。

富士島が喚《わめ》き散らしている。

「無礼者ッ、断りもなく若君様の御前にまかり出るとは何事ッ。下がりおれッ」

本多出雲守が「待て待て」と制した。

「八巻とやら、ただいま、『若君様のお命に関わる』と申しおったな。ええーい、聞き捨てならぬ物言いじゃ。子細を申せ、申さぬかー」

隠れて聞いている水谷弥五郎が顔をしかめた。

「これは酷い。棒読みもいいところだ」

卯之吉の筋書きどおりの台詞《せりふ》を吐いているのである。

「困りましたねぇ」

卯之吉は苦笑している。

「水谷様、そろそろお犬のご用意を」

「心得た」


壇上の幸千代が頷いた。

「南町の同心八巻よ。余が臨席を許す。直答《じきとう》も苦しからず。我らの問いに答えよ」

「恐れ多きお言葉を賜り申した。しからばお答えいたす」

同心になりきった由利之丞が胸を張った。

「若君様の御膳に毒を盛った者がおりまする」

その場の全員の顔色が変わった。息を飲む。

「馬鹿を申すな！」

最初に声を放ったのは富士島だ。

「毒が入っておるのであれば、毒味役の者が毒に当たって苦しむはず！　台所からはなんの急報も届いておらぬッ」

由利之丞は動じない。手にしていた粗末な椀を突き出した。

「若君様のお手許の湯漬を、こちらの椀にお移しくださいますように」

富士島が動揺する。幸千代に顔を向ける。

「あのような雑言、信じてはなりませぬぞ。お手許の什器は上様よりご拝領の品。上様を疑うことなど、あってはなりませぬ」

幸千代は「かまわぬ」と答えた。

「什器は上様よりの頂き物。疑うはずもないが、米や白湯に毒が仕込まれているかもしれぬ」

椀を小姓《こしよう》に差し出す。小姓は恭《うやうや》しく受け取って、濡れ縁にまで持っていった。由利之丞の椀に湯漬の飯を流し入れる。

由利之丞は椀を庭の真ん中に置いた。そこへ水谷弥五郎が甲斐犬の樫丸を綱で引いてやってきた。

「ほら、飯だぞ」

樫丸は椀に顔を突っ込んで食べ始める。由利之丞は皆に向かって言う。

「お犬の様子、しかとご覧あれ」

食べ終わった樫丸は、自分の犬小屋に戻ろうとした。が、フラフラと姿勢を崩すとその場に倒れてしまった。

大井御前が血相を変えた。

「毒じゃ！　まことに毒が入れられてあったのじゃ！」

その場の全員がどよめいた。

書院窓から様子を見ている卯之吉に、背後から銀八が声を掛けた。

「本当に毒を食わせちまったんでげすか」

「いいや」

卯之吉は笑顔で首を横に振る。

「チョウセンアサガオをちょっと食べさせたのさ。寝ているだけだよ。半日もすれば起き上がって元気になるさ」

チョウセンアサガオは麻酔薬だ。蘭学者であれば誰でも知っている。

「それを聞いて安心したでげす」

「若君様の御膳のお椀は出雲守様からの借り物さ。毒なんか入ってないよ」

富士島ノ局が喚き散らしている。

「上様が毒を盛られるはずがない！　この屋敷の中に、若君様を殺そうとした者がいるッ！」

幸千代が〝八巻卯之吉〟に向かって問う。

「そのほう、下手人の目星もついておるのか。余を殺そうとした者は誰じゃ」

皆が一斉に由利之丞を見る。由利之丞は肩など揺らして見得《みえ》を切りながら答えた。

「まずは、いかなる手立てをもって若君様のお椀に毒を仕込んだのか、その謎解きからいたさねばなりますまい。

三日前の夜、小梅村の寮にて、漆塗りの名人、治左衛門が殺《あや》められもうした。治左衛門は当代きっての名工。お手許の椀を作ったのも治左衛門。治左衛門の工房に踏み込んだ悪党が、お手許の椀に毒を塗りつけたのでござる」

幸千代が唸った。

「治左衛門を殺すためではなく、椀に毒を仕込むための凶行であったのか！」

自分が〝担当した〟事件だけに、なおさら驚いている。

「しかし八巻よ。椀に毒を塗ったとしても、余の口に入る前には毒味役の口に入るのだぞ。毒味役が先に死んでは、毒殺もなるまい」

「悪党は、毒を塗りこんだ上に、葛湯を薄く塗りつけましてござる。見た目は漆と違いませぬ。葛湯の固まった膜によって毒が即座に解けだすことを防ぎまする。お毒味役が食べても、まだ毒は滲みだしておらず、若君様の御前に膳が据えられるころに溶け出す仕掛け……。左様、湯漬などにすればたちまち毒が溶けるという――」

富士島が柳眉《りゅうび》を逆立てた。

「まるで妾が、若君様を殺めようとしたかのごとき物言い！」

「そこまでは申しておりませぬ。冷めたご飯を湯漬で戻すのは誰でもやること。そこに付け込んだ悪行であろうと申しておりまする」

由利之丞は続ける。

「曲者は、塗りつけた葛を綺麗に乾かすために、漆風呂を使ったのでございます。漆風呂に火を入れる必要があったのはそのため。漆風呂の中に治左衛門の骸も押し込んでいたのでございます。見つかった骸が、今まで生きていたかのように温もっていたのは、そのためにございます」

「なるほど。だからあのように熱を持っていたのか。ううむ、そこまでは読めなかったぞ」

幸千代が八巻と入れ替わっていたことは、誰にも知られてはならない。本多出雲守は気が気ではない様子だ。わざとらしく咳払いなどしている。

幸千代はキッと眦《まなじり》を決して由利之丞を凝視した。

「南町の八巻、怪事件の詮議、大儀《たいぎ》である。さすがは評判の男よ。褒めてつかわすぞ」

本物の卯之吉であれば「あたしはなにもしていませんが？」などと答えるところだが、由利之丞はお調子者である。

「この八巻が南町にいるかぎり、いかなる悪党、悪行も、決して見逃しはいたしませぬ。大船に乗った心地でいてくださいますよう！」

などとぬけぬけと言い放った。

幸千代は「うむ」と頷いた。

「して、悪党は捕縛したのか」

由利之丞は答える。

「南北町奉行所一の同心と評判を取る拙者の眼力をもってしても、下手人のめどはついておりませぬ」

悪びれた様子もなく答えた由利之丞を、富士島が鋭く叱りつける。

「なんたる怠慢！　しからば凶賊は、今もこの江戸のどこかを跳梁跋扈《ちょうりょうばっこ》しておる、ということではないかッ」

幸千代にサッと向き直る。

「若君様！　このような無能役人の申しようを、まことと受け取ってはなりませぬぞ！」

由利之丞はカラカラと笑った。

「ご心配には及びませぬ。この八巻が手を下さずとも、神仏が罰《ばち》を下しましょう！」

幸千代が問う。

「いかなる物言いか」

「実は、治左衛門は悪い病にかかっておりましてな。治左衛門が殺された夜にその寮を訪れた者には、一人残らず、病がうつったのでございます。最初は手指が赤く爛れまする。そしてついには全身に病が回って五臓六腑《ごぞうろっぷ》が焼けただれ、悶え死にをするという、おそろしき病」

由利之丞は両手を出して皆に見せた。

「実は、拙者にもうつり申した。かくの如《ごと》き有り様」

両手の指が赤く腫れている。富士島が口元を袖で覆って顔をしかめた。

「その病、我らにもうつるのではあるまいなッ」

「ご案じなさいまするな、お局様。指で触らぬ限りうつりませぬ。それに万が一うつったとしても、良く効く薬がございます」

「薬じゃと？」

「浅草の御蔵前《おくらまえ》に龍山白雲軒《りゅうざんはくうんけん》なる名医がおりましてな。高名な蘭方医にござる。我が病を診《み》せたところ、たちどころに良薬を処方してくれましてな。拙者、からくも一命を取り止めた次第」

幸千代は真面目《まじめ》な顔で聞いている。

「良い薬があって、なによりのことであったな」

「白雲軒殿の申されるには、この病、適切に薬を服用せねば、速やかに毒が総身《そうみ》に回って死に至る、とのこと」

「恐ろしき病じゃ」

由利之丞はニヤリと笑みを浮かべた。

「これぞまさに天罰！　恐れ多くも若君に毒を盛ろうと企んだ悪党は、治左衛門に病をうつされておりましょう。白雲軒殿の見立てでは、遅くとも明朝には総身が焼けただれて、死にゆくとのよし。まさしく、悪行の報いにござる！」

幸千代は大きく頷いた。

「そのほうが縄に掛けずとも、悪党は死にゆく運命か」

「悪党は自業自得で地獄送り。我ら同心一同、獄門台に送る手間が省け申したわ。わっはっは！」

由利之丞はわざとらしく大笑いした。切れ者同心の貫禄を見せつけているつもりであるらしかった。

富士島ノ局が幸千代に顔を向ける。

「若君様、このたびは同心の働きで事なきを得ましたな。重畳《ちようじよう》至極にございまする」

幸千代は「うむ」と頷き返して告げる。

「大事はなかったことゆえ、病床におわす上様のお耳に届けるまでもあるまい。兄上にご心配をかけたくない。よしなに計らえ」

「畏まりましてございまする」

富士島は引き攣った顔を伏せた。

六

夜。江戸の町は表戸を閉ざして静まり返っている。闇と静寂の中を一人の武士が走ってきた。

柳井伝十郎だ。激しく動揺している。袴の足をもつれさせて転びそうになった。

道端に夜泣きそばの屋台が出ている。笠を被った親仁が七輪の前で屈み込んでいた。伝十郎は親仁に駆け寄った。

「おい、親仁」

「へい、いらっしぇやし。蕎麦ですかい。酒ですかい。ちょうど燗《かん》が良い具合についてやすぜ」

「客ではないッ。白雲軒の家はどこにあるッ」

「先生の診療所でしたら、そこの細い路地を入った奥ですぜ」

「かたじけないッ」

伝十郎は路地に向かう。親仁はその後ろ姿を見送ってニヤリと笑った。

伝十郎は一軒の家の戸の前に立った。

「ここかッ」

確かに〝蘭方医　龍山白雲軒〟と墨書《ぼくしょ》された木の看板がかかっていた。

表戸は固く閉ざされている。夜中の診察はしないのだろう。それでもかまわず伝十郎は拳で表戸を叩いた。

「頼もうッ。白雲軒殿はおいでかッ。危急の病じゃ！　診察を頼み申すッ」

ドンドンと叩いていると、家の中で人の気配がした。板戸の隙間から明かりが漏れる。灯《とも》しを手にして起き出してきたようだ。

しかし戸は開かれない。戸板越しに声がした。

「本日はもう遅ぅござる。暗い中では確かな診察もできかねる。明日の朝、お越し願いたい」

伝十郎はますます焦った。

「明日の朝では遅いのだッ。拙者の病は一刻を争うッ」

板戸の中から返事はない。考え込んでいるような気配だ。

伝十郎は喚き続けた。

「こちらには、拙者の病に良く効く薬があると聞いた！　薬を求めに来たのだ！

その薬を出してくれッ」

板戸の中からの返事。

「はてさて。ずいぶんとお困りのご様子じゃな。拙者も医師の端くれ。病人を見捨てることはできませぬ」

「おおっ！　助けてくださるかッ。ありがたい！」

板戸が横に滑る。わずかな隙間が開けられた。燭台の蠟燭の炎が眩《まばゆ》い。白雲軒の姿は黒い影となっていて良く見えない。

「どおれ。患部を見せてごらんなさい」

「お、おう」

伝十郎は板戸の隙間に手を差し込んだ。蠟燭の炎が寄せられて、白雲軒らしき男が近々と見た。

「ずいぶんと赤く腫れておわすな。わかり申した。軟膏をお譲りいたす。持って帰って、よく塗りこみなされ」

白雲軒が奥に引っ込もうとした。伝十郎は焦った。

「違うッ、よく診よ！　これは重い病なのだッ」

「重篤な病には、とても見えませぬなぁ」

「このままにしておけば、病は全身に広がり、喉も口中も腫れ上がり、喉が塞《ふさ》がって死んでしまうのだ！」

「あなた様は医者ではござるまいに。なぜ、そう言い切れるのです？」

「見たのだ！　わしと同じ病で死んだ者を見た！」

「ほう」

「金なら出す！　薬をくれッ」

「拙者のところに薬があるなどと、どなたからお聞きになったのです？」

「南町奉行所の八巻だ！　かの者が、そこもとに病を治してもらったと言っておった！」

「それは嘘だよ」

突然、闇の中から声がした。真っ暗な路地に提灯が並ぶ。黒巻羽織の同心が現われた。

伝十郎は仰天した。

「貴様は……八巻！」

に扮した由利之丞である。本人だけが格好よいつもりで見得を切る。

「悪党め、まんまと罠《わな》にかかったようだなァ。オイラとあんたの手が痒いのは、重い病なんかじゃありゃしない。漆にかぶれただけだったのさ。全身が爛れて死ぬなんてことにはなりはしねぇから、安心するのがいいのだぜェ？」

伝十郎は焦りを隠せない。二歩、三歩、後退《あとずさ》った。

「嘘だッ。俺は見た！　全身が焼け爛れて死んだのを！」

荒海ノ一家の子分衆が提灯を手に取り囲む。夜泣き蕎麦の親仁が笠を脱ぎ捨てた。荒海ノ三右衛門だ。

「それを知っているのは、あの殺しがあった晩、塗師治左衛門の寮にいた者《もん》だけだぜ！　手前《てめ》ぇは手前ぇで、自分の罪状を認めちまったのよ。どうでい、畏《おそ》れ入ったか。これが江戸一番の同心様、八巻卯之吉様の捕り物なんでぃ！」

もう一人、闇の中から姿を現わした者がいた。伝十郎が仰天する。

「幸千代君様……！」

若君が眼光鋭く睨んでいる。

伝十郎は咄嗟《とっさ》に逃げようとして白雲軒の家の戸を思い切り開けた。

そこに立っていたのは医師ではなく水谷弥五郎であった。刀の柄《つか》を思い切り突き出して鳩尾《みぞおち》に叩き込む。伝十郎は「ぐわっ」と呻いてその場に尻餅をついた。

水谷弥五郎は悶え苦しむ伝十郎を見て「ふん」と鼻を鳴らす。

「たわいもないヤツ。当て身で十分、斬るまでもない」

荒海ノ三右衛門が伝十郎に縄を掛けていく。腰に差してあった大小の刀は水谷が引き抜いた。刀を奪われることは武士の身分を剝奪されたに等しい。伝十郎はついに観念してガックリと首《こうべ》を垂れた。


一部始終を見守っていた幸千代の許に銀八が擦り寄っていく。

「上手くいきましたね、若旦那」

伝十郎が幸千代だと思ったその人は卯之吉だったのだ。

「うん。あたしも下手人が誰なのかわかっていなかったんだけど、まんまと釣りだされてくれたね。由利之丞さんのおかげだよ。良いお芝居をしてくれた」

その由利之丞は、

「大悪党め、南町の八巻が、ああ、召し捕ったりぃ〜」

などと見得を切っている。荒海一家は苦々しげな表情だ。

銀八も頭を抱える。

「あれが良い芝居と言えるんでげすかね……」

卯之吉だけが面白そうに笑っている。

＊

本多家下屋敷の庭に幸千代が立っている。たった今まで木刀の素振りをしていた。畳廊下には大井御前の姿があった。

「柳井伝十郎が切腹いたしました」

それだけを告げると、平伏してから静かに去った。

美鈴は濡れ縁に正座して一部始終を見ている。

幸千代は不機嫌そうな顔でどこか遠くを睨みつけていた。もちろんなにも見てはいない。心中の葛藤と戦っているのだろう。

「美鈴」

幸千代が目を遠くに向けたまま言った。

「八巻をこの屋敷に呼べ」

「なにゆえにございましょう」

「替え玉を務めてもらう。わしはこの屋敷には一時《いっとき》たりともいたくない。南町奉行所に赴《おもむ》く」

そう言うと御殿に上がろうとした。その後ろ姿に向かって美鈴は言った。

「逃げるのでございますか」

幸千代は足を止めた。肩ごしに振り返ってギロリと鋭い目を向けた。

「逃げる、じゃと？」

美鈴は一歩も引かぬ顔つきだ。

幸千代と美鈴が睨み合う。

先にフッと息を吐いたのは幸千代であった。

「左様。わしは逃げるのだ。止めてくれるな。八巻を呼べ」

幸千代は御殿の奥に入っていった。

第三章　かりそめ父娘譚《おやこばなし》

一

南町奉行所内の廊下を、内与力《うちよりき》の沢田彦太郎がのし歩いてくる。

内与力は江戸町奉行の官房役である。奉行の政策を同心たちに伝える役儀を負っている。

江戸の町に発せられる政策は、幕府の中枢——老中や若年寄たち——の合議によって決められる。幕閣から町奉行へ、内与力へ、同心へ、という流れで上意が下達《かたつ》されていく。

沢田が同心詰所に踏み込んでいくと同心たちはすでに整然と居並んでいた。一斉に平伏《へいふく》する。

幸千代の姿もあった。沢田はチラリと横目で確認して（やりづらいなぁ）という表情を浮かべた。すぐに厳《いか》めしい顔つきに戻ると、わざとらしく咳払いをして、皆の正面にドッカと座った。

「皆も知ってのとおり、ただいま江戸の市中には贋《にせ》小判が多く出回っておる。小判は、公儀の屋台骨を支える大黒柱。贋小判の横行は由々《ゆゆ》しき事態じゃ」

同心たちが「ははっ」と答える。沢田は続ける。

「ご老中がた、ならびに若年寄様がたは、評定《ひょうじょう》によって〝贋小判を使いし者を罰するべし〟と決議なされた。よってそのほうどもに命ずる。贋小判を使いし者を見つけ出し、厳しく捕縛いたすよう！」

同心たちは「ははっ」と答えて低頭した。

お達しを告げ終えると沢田は出ていく。同心たちは顔を見合わせた。

尾上も玉木も驚き呆《あき》れた顔つきだ。玉木が言う。

「そう言われてもねぇ。本物と見分けがつかないほどに精巧な贋小判だぞ。贋物とは知らずに財布に入れてる者《もん》だって大勢いるぜ」

尾上も難しい顔で腕組みをする。

「うっかり贋小判を使っちまった挙げ句、縄を掛けられたりしたら不憫《ふびん》だなぁ」

「町人たちは小判そのものを使わなくなるぞ。商いはどうなるんだ」

食料の売り買いが止まったら江戸の総人口の百万人が飢えてしまう。薪《まき》や炭の売り買いが止まれば煮炊きもできず、風呂にも入れず、炬燵《こたつ》にもあたれない。

とんでもない事態となることが予見できた。

しかし同心の身分では異議を唱えることはできない。目安箱に投書して訴えることはできるのだが、その際には辞職を覚悟せねばならない。尾上も玉木も思案《しあん》投首《なげくび》するばかりであった。

卯之吉は本多家下屋敷の庭に立っている。今日も幸千代の替え玉を務めているのだ。池の鯉《コイ》にポーンと餌を投げ入れていた。

かたわらには銀八が腰を屈《かが》めて座っている。こちらはかなり困惑の顔つきだ。

(これじゃあ、あっしはまるで、公儀隠密みたいでげす……)

若君様に密告する御庭番《おにわばん》のようではないか。売れっ子の幇間《ほうかん》を目指していたはずなのに、どうしてこんなことになっているのか。不可解だ。

銀八から話を聞かされた卯之吉は首を傾《かし》げた。

「贋小判を使ったお人を捕まえる、だって？　それだと江戸中の人たちが、ますますお金を使わなくなるよ」

「へい。同心の皆さんも、揃ってそう言っていなさるでげす」

「困ったことだねぇ。早いところ贋小判の出所を突き止めて、元を絶つしかないんだろうねぇ」

「なんぞ良いお知恵はありますでげすか？」

「ないねぇ。そんなのはお役人様か、両替商の肝入《きもい》りあたりが考えることさ」

自分には関係ない、と言わんばかりだ。自分のことを町奉行所の同心だとか、両替商（江戸の銀行である）の息子であるとかは、まったく自覚していないようであった。

＊

深川の富ヶ岡八幡の門前町は、吉原と並び称される遊里である。昼のあいだは敬虔《けいけん》な参詣者相手の茶店だが、日没とともに薄桃色の灯籠《とうろう》が掲げられ、三味線の音が響き、艶冶《えんや》な街のたたずまいへと変貌する。

大横川《おおよこがわ》の川沿いを黒い羽織の芸者衆が提灯《ちょうちん》を下げてやってくる。吉原の遊女は吉原で暮らしているが、深川の芸者は夕刻に〝出勤〟してくる。

深川芸者は江戸の華。出勤姿も粋の極みだ。評判の芸者を一目見ようと、大勢の野次馬たちが集まってきた。

「おっ、菊野姐《ねえ》さんだ。さすがは深川一の売れっ子だぜ。目の覚めるような美形だねぇ」

「天女みてぇだなぁ。一度でいいからあんな美人を座敷に呼んで、注《さ》しつ注《さ》されつしたいもんだねぇ」

「馬鹿ァ抜かせ。座敷に呼んだだけで小判が何枚もふっ飛ぶって話だ。俺たちのような貧乏人には手が出せねぇよ」

「高嶺の花、ってのは、菊野姐さんみたいなお人のことをいうのだねぇ」

野次馬たちが口々に褒めそやすなか、菊野は悠然と歩んでいく。そして深川でも随一の料理茶屋（料亭）の暖簾《のれん》をくぐった。

店に入ると左手に板場がある。料理人たちが腕を振るっている。右手には店の主の部屋があり、そこは畳の座敷になっている。でんと座った主人が、客や芸者、幇間などの出入りを見張っていた。

座敷の縁に腰掛けて、お大尽が煙管《キセル》をふかしている。主人と無駄話をしながら、座敷の用意が整うのを待っているのだ。

菊野はそのお大尽をよく知っていた。

「讃岐屋《さぬきや》の大旦那さんじゃないかえ」

菊野は客商売であるから、そこは愛想よく挨拶する。

「大病を患っていなすった、って耳にして、心配しておりましたが、すっかりお元気そう」

讃岐屋はニヤリと笑みを浮かべた。

「菊野に案じてもらっていたとは、男冥利《みょうり》に尽きるな。これこの通りに本復《ほんぷく》したぜ。常日頃から富ヶ岡八幡の門前町に大金を寄進していた御利益《ごりやく》だな」

深川で豪遊散財することを、江戸っ子たちは〝富ヶ岡八幡様へのお賽銭《さいせん》〟などと洒落《しゃれ》めかしている。

「それでまぁ、本復祝いを兼ねて、御礼参りの賽銭を寄進しに来たってわけだ。どうだい姐さん、あっしの座敷に上がってくれねぇか」

主人が如才なく笑みを浮かべながら話に割って入る。

「あいにくと菊野姐さんには先約がございまして」

「ほう、誰だい。あっしが銭で話をつけようじゃないか」

大金を積んで、菊野を譲ってもらおうという魂胆だ。

主人は顔の前で片手を振った。

「いえいえ。お相手は三国屋の若旦那さんなんで……」

「おうアイツか」

讃岐屋は（もう諦《あきら》めた）という顔つきになった。

「あの若旦那じゃ相手が悪い。小判で勝負できる相手じゃねぇや」

菊野も艶然《えんぜん》と笑みを浮かべて腰をかがめて会釈する。

「どうぞ、またの機会にお声を掛けておくんなさいな」

二階座敷から銀八が階段を降りてきた。

「姐さん、若旦那がお待ちでげすよ！　さぁ、上がっておくんなさい」

昼間は同心の小者《こもの》をやっているとは思えない物腰で、菊野を案内していく。

讃岐屋が感心しきりの顔つきで見惚《みと》れている。

「ますます女っぷりが上がったねぇ」

芸者たちが鉦《かね》と太鼓、三味線で伴奏するなか、卯之吉がクルクルと舞い踊っている。

梅本《うめもと》源之丞が朱塗りの大盃をぐいっと呷《あお》って苦笑いした。

「卯之さん、上機嫌じゃねぇか」

銀八が「へい」と答える。

「そりゃあもう。窮屈な御殿に押し込められていなすったんでげすから。鳥籠から逃げ出した小鳥のような心地でげしょうよ」

「呑気《のんき》に暮らしているように見えて、あれでなかなかに気苦労も多いってことかい」

料理の膳が運び込まれてきた。店の主人も挨拶に顔を出す。廊下で膝を揃えて座敷の中に愛想笑いを振りまいた。卯之吉は特上の上客だ。あだやおろそかにできない。

それでも卯之吉は踊っている。誰が来ようと自分の気が済むまで踊る。主人も含めて卯之吉の奇行には慣れているので誰も気にしない。

仲居が源之丞の前に膳を据えた。大皿に蛸《タコ》の切り身がのっていた。

「蛸の酢漬け？」

太ッ腹で知られる源之丞も、さすがに目を丸くしている。

「深川には、今月の今夜、皆で蛸を食べる習わしでもあるのかい」

主人が恐縮して見せる。

「そんな習わしはございません。鯛《タイ》の姿焼きでもお出ししたいところなのですが、なにぶん高級魚が手に入りませぬ。蛸のような下魚《げぎょ》しかお出しできない有り様なのでございますよ」

菊野がちょっと険しい顔を主人に向けた。

「どういうことなのかえ」

自分の座敷にケチをつけられたのだとしたら、黙ってはいられない。

主人は冷や汗を懐紙《かいし》で拭う仕種《しぐさ》などしてしきりに恐縮する。

「このところの急な不景気で、漁師の衆が魚を運んでこないんですよ。一尾一両の鯛を持ってきても、買い手がつかない。腐らせてしまうばかりだ。漁師の衆からすれば骨折り損の草臥《くたび》れ儲《もう》けだ。となれば、魚を運んでこなくなるってぇ寸法でしてね。深川のどこの料理茶屋の台所にも、鯖《サバ》や鰯《イワシ》が並んでいますよ」

「おやまあ、なんてぇことだろう」

「困っているのはあたしらだけじゃない。長屋で暮らす町人も大弱りだ。漁師の衆は、網にかかった高級魚を高い値で売って、それで儲けます。その儲けがあるからこそ、鯖や鰯を、安く売ることができる。庶民は安値で買うことができるって話です」

源之丞が「ふむ」と頷《うなず》く。主人は続ける。

「ところが高級魚がまったく売れない。となれば漁師の衆は、下魚の値を吊り上げて採算を取るしかない。鯖や鰯の値が上がるんです。庶民は大弱りですよ」

「漁師も魚を取って売るのが仕事だ。自分たちの暮らしを守るためには値あげも仕方あるまいが……なるほど弱ったことだな」

源之丞は窓の外を見た。

「この深川の寂れよう、まるで火が消えたみてぇだぜ」

金持ちは小判を使おうとせず、庶民は生活費に窮して遊ぶ金がない。こんな世相では、遊里はとうていやっていけない。

菊野は難しい顔で思案した。

「贋小判の出所を突き止めて、取り締まるしかないのだろうねぇ」

源之丞は菊野の顔を覗《のぞ》き込んだ。

「内与力の沢田はどうしてる。アイツに一踏ん張りしてもらうしかねぇだろう。アイツ、お前《め》ぇにホの字だったろう」

「このところ、すっかりお見限りですよ」

「ふぅん。野郎は野郎で忙しいんだろうなぁ。ああ見えて、仕事には生真面目《きまじめ》な男だからな」

卯之吉は舞い踊っている。銀八が「イヨッ！　日本一！」などと煽《おだ》てていた。

「呑気なのは卯之さんだけだぜ」

源之丞は杯をグイッと呷った。


菊野は〝化粧直し〟のために一階に下りた。客用の雪隠《せっちん》の前を通り掛かった時、手水鉢《ちょうずばち》の前に屈み込んでいる讃岐屋をみつけた。

「大旦那さん、お加減が悪いのですかえ」

讃岐屋は振り返り、菊野だと気づくときまり悪そうな笑みを浮かべた。

「こいつぁ無様《ぶざま》なところを見られちまったな。大事はねぇ。飲みすぎただけだ」

「ご本復とは言っても、大病をお患いになった後ですし……」

「その大病ってのは嘘っぱちさ。店の商売がどうにも上手《うま》くいかなくなっちまって遊ぶ金がなくなった。それだと長年の遊び仲間に格好がつかねぇから、大病だ、なんてぇ嘘をついたのさ」

讃岐屋はやけっぱちに白状すると、縁側にドッカリと座り直した。疲れた顔で夜空の月を見上げた。

「贋小判のあおりをもろに食らっちまったのさ。もうどうにもいけねぇや。店を畳むことにした。今夜があっしの遊び納めだ。なけなしの銭をかき集めて、この深川にやってきたんだ」

「讃岐屋さんのご才覚なら、これからいくらでも、やり直しができましょう」

「若けりゃあな、裸一貫、一から出直しだ、ってぇ気持ちにもなるんだろうが、あっしももう、いい年寄りだ。どこを振り絞ってもそんな気力は湧《わ》いてこねぇ。ありがとうよ菊野姐さん。最後にあんたの顔が拝めて、それだけで、じゅうぶん、幸せだったぜ」

讃岐屋はフラリと立ち上がった。讃岐屋が若いころに流行《はや》ったのだろう、時代おくれな小唄を口ずさみながら自分の座敷に戻っていった。

菊野は暗い表情で見送った。不景気に悩まされているのは遊里ばかりではない。江戸でも有数の大店《おおだな》までもが店じまいの憂《う》き目にあっている。いったいどうなってしまうのか。

二

深夜、静まり返った本丸御殿を幸千代が歩んでいる。狩衣《かりぎぬ》を着け、頭には折烏《おりえ》帽子《ぼし》を戴《いただ》いていた。鎌倉時代の武士を思わせる姿だ。徳川幕府においてもこれが武士の正装だった。

畳が敷きつめられた廊下は広間と見紛《みまご》うばかりの大きさだった。しかも長い。どこまで続いているのかわからない。手燭《てしょく》の光が届かない。廊下の先まで見通せない。真っ暗な闇が広がっている。

昼間であれば登城した大名や旗本たちが大勢行き交うのであろう。しかし今は人影もない。幸千代を先導するお城坊主がいるだけだ。手燭はお城坊主が持っている。その持ち手を横に向け翳《かざ》した。締め切られた襖が照らしだされた。

「こちらが上様の御寝所にございまする」

お城坊主が告げる。幸千代は「うむ」と頷いた。

「そこへお控えくださいませ」

お城坊主が示した場所に正座する。まだ閉められたままの襖に向かって平伏した。

お城坊主が寝所の中に向かって言上《ごんじょう》する。

「幸千代君、お渡りにございまする」

寝所の中から嗄《しゃが》れた声が聞こえてきた。

「通せ」

老人のような声だ。将軍はまだ若いはずだが、長い闘病で気力も体力も失われてしまったのか。

お城坊主は襖を開いた。幸千代はいっそう深く平伏した。寝所に灯《とも》された常夜灯の光が差してきた。

「幸千代か。よく来た。面《おもて》をあげよ」

広い広い寝所の奥に壇が作られ、そこに布団が敷かれてあった。将軍が身を横たえている。そういう影が見えた。

将軍の声が響いてくる。

「遠くて見えぬ。近《ちこ》う寄れ」

しかし。将軍と同じ部屋で同席できるのは、朝廷より五位以上の官位を賜《たまわ》った人物だけだ。幸千代が廊下に平伏しているのは、寝所に入る資格を持たないからなのである。

お城坊主が促した。

「お入りなさいませ。あなたさまは上様の弟君。遠慮はいりませぬ。近々とご対面を」

幸千代は頷いて立ち上がり、敷居を踏み越えた。兄に向かって進んでいく。背後でお城坊主が襖を閉めた。

幸千代は壇の下で再び平伏した。

「幸千代にございまする」

横たわった影が揺れる。

「よくぞ参った。大儀《たいぎ》であったぞ」

将軍は激しく咳き込んだ。声を出しただけでも喉が辛そうだ。そんな兄の姿を目の当たりにさせられた幸千代も辛い。

「上様、今宵《こよい》はお休みくださいませ。それがしは日を改めて参上仕《つかまつ》りまする」

「かまわぬ」

将軍はきっぱりと答えた。

「是非ともそなたに伝えておかねばならぬことがある。それが済むまでは退室を許さぬ」

「左様な仰せならば、承《うけたまわ》りまする」

将軍は「うむ」と頷いた。

「幸千代よ。我が弟よ」

「はっ」

「余《よ》は、そなたが憎い」

幸千代はハッと胸を突かれた思いがした。顔がこわばる。

将軍は呪わしい言葉を吐きつづける。

「余はそなたが憎い。憎くてたまらぬ。徳川の家を、余が手塩にかけて育て守った日本の国を、この江戸の町を、お前などに渡してなるものか」

将軍はムクリと起き上がった。眼光鋭く幸千代を睨《にら》みつけている。

「余はそなたを亡き者にしようとした。何度も刺客を放った。だがそなたは死なぬ。のうのうと生きておる。まっこと小面憎《こづらにく》き奴じゃ！」

将軍は枕元の刀立てに腕を伸ばして刀を摑《つか》んだ。スラリと抜き放ちながら立ち上がる。

「かくなるうえは余が直々に成敗してくれる！　覚悟いたせ」

幸千代は背後に這《は》って逃れようとした。血を分けた兄弟でありながらなんたる仕打ちか。衝撃で腰が抜けてしまって、まともに立ち上がることができない。

しかも背後からお城坊主が腕を伸ばしてはがい締めにしてきた。

「上様の御意《ぎょい》にございます。おとなしゅう、あの世にお行きなされ」

お城坊主は恐ろしい力だ。振り払うことができない。目の前には将軍の真っ黒な影が立っている。刀身が灯火を反射して輝いた。

「死ねィ、幸千代！」

刀の切っ先が幸千代の胸に向けられる。

「兄上ッ」

幸千代は絶叫した。

布団をはね除《の》けて目を覚ました。

朝日が障子を照らしている。チュンチュンと雀の鳴く声がした。

「夢か」

動悸が激しい。息も荒い。はだけた夜着の胸元にベットリと汗が浮いていた。

表戸の開けられる音が聞こえた。

「お早うございやす。銀八でげすよ」

銀八が縁側を通ってやってくる。幸千代は立ち上がって障子を開けた。

銀八はびっくりしている。

「あっしが起こさなくても起きてくるなんて……、なんてぇ手間のかからねぇお人だ」

「朝に人が起きるのは当たり前であろう」

「普通のお人はそうなんでげしょう。けれどもうちの若旦那は……あっ、この若旦那ってのはあなた様のことじゃあなくて、卯之吉旦那のことなんでげすが、とんでもねぇ朝寝坊でございやして――」

銀八は軽口を止めてちょっと首を傾げた。

「お疲れでげすか？　お顔の色が悪ぅござんすよ」

「いいや。よく眠れた」

「さいでげすか。それじゃあ朝御飯を炊くとするでげす」

銀八は台所に向かった。幸千代は「ふんっ」と鼻息を吹いた。

「……小者に気を使わせておるようでは、わしもまだまだ未熟よな」

悪夢を見るのは心が弱っているからだ。気合を入れ直さねばなるまい。幸千代は木刀を摑むと庭に飛びだし、気合を籠めて素振りを始めた。

＊

浪人、水谷弥五郎が、本多家下屋敷の台所門（裏門）に立った。手拭いのほっかむりで顔を隠している。腰に刀は差していない。膝までの長さのたっつけ袴《ばかま》を着けた姿は、とうてい武士にも浪人にも見えなかった。

本多家の武士が門番として立っていたが、すでに顔見知りである。

「今日も穴掘りか。大儀であるな、通って良し」

すっかり〝井戸掘りの男衆《おとこし》〟だと勘違いされている。水谷にとっては複雑な心境だ。

水谷は普請場《ふしんば》には向かわず、書院御殿のある庭のほうへと忍び込んだ。抜け穴の工事はほとんど終わっている。

今日、この屋敷に来たのは、作業に従事するためではなかった。

生け垣の陰に身をひそめて庭の様子を窺《うかが》う。少しすると卯之吉が庭に出てきた。豪華な着物の若君姿だ。水谷は生け垣から顔を出した。

「八巻殿！　八巻殿！」

小声で呼びかける。卯之吉が「おや？」という顔でこちらを見た。水谷は腕を振って知らせた。

「拙者でござる！」

「おや。誰かと思えば水谷様じゃないですかぇ。そんなところでなにをなさっていらっしゃるのです？」

卯之吉がのんびりとした歩調でやってきた。今の卯之吉は〝徳川幸千代〟だ。不逞浪人《ふていろうにん》が会話などをして許される相手ではない。この場を見咎《みとが》められたら水谷弥五郎は斬って捨てられる。卯之吉ののんびりとして気の利かない風情《ふぜい》がもどかしくてならない。

水谷は周囲の様子を窺いつつ、「早く、早く！」と手招きした。卯之吉は笑みを浮かべながら首を傾げている。

「あたしに、なにか御用なのですかね？」

「うむ……さ、左様……」

水谷は歯切れが悪くなって、顔を伏せつつ喋《しゃべ》りだす。

「実は、本日かくも推参いたした、そのわけは……」

「なんなのです？」

「しゃ、借財……を、頼めぬものか、と……」

「はぁ。借金ですかぇ」

卯之吉は呆気《あっけ》にとられた、という顔をした。

「それでしたなら、あたしの実家の三国屋に行っていただければ、いくらでもお貸しできましょう。それが三国屋の商売ですから」

三国屋は両替商の他に高利貸しも営んでいる。

水谷弥五郎は顔をしかめた。

「三国屋が拙者のような貧乏浪人を相手にするはずがない。仮に銭を借りることができたとしても、三国屋の利子は高すぎて、とうてい払えたものではない」

「なんのためにお金が必要なのですかぇ？」

「由利之丞がな、この冬の興行で、良い役を摑めそうなのだ」

由利之丞の本業は歌舞伎役者である。しかし、歌も踊りも芝居も下手で、まったく出世がままならない。

水谷は説明を続ける。

「このところの不景気で芝居小屋も客の入りが悪い。あまりの不入りに大看板の人気役者たちがすっかり臍《へそ》を曲げてしまってな、草津《くさつ》や箱根《はこね》に湯治に行ってしまったのだ」

それで芝居の役に空きができて、万年下積みの由利之丞に役が回ってきた、ということであるらしかった。

「ついては支度にいろいろと金がかかる。拙者も金を工面したのだが、どうにも足りぬ。そこで、そのぅ……」

「あなるほど。それであたしのところに来たのですか」

卯之吉は懐から紙入れ（小判を入れる財布）を鷲摑《わしづか》みにして取り出すと、そのまま水谷に握らせた。

「これで足りますかねぇ？　御殿暮らしでお金がまったくかからないものだから、持ち合わせが少ないのですよ。本当にお金がまったく要らないんです。困ったことですよ」

生活に金がかからないことの、なにがそんなに困るのか、貧乏人にはまったく理解できない。

とは言うものの、紙入れの中には五両も入っていた。水谷は両手に持った紙入れを顔の前に掲げて低頭した。

「かたじけない！　受けた恩義は働きで返す！」

「あいあい。小屋に芝居がかかったら見に行くと、由利之丞さんにも伝えてください」

「稽古に励みが出ることでござろう！　かならず伝え申す！　しからば御免！」

水谷弥五郎は勇躍、卯之吉の前を離れた。

「やあ、またしても借りができてしまったな」

これまで何度も金を借りた。借りを返すために水谷弥五郎も由利之丞も、同心の手下《てか》や密偵のように走り回って、何度も危険な目に遭《あ》った。それでも卯之吉という金持ちからは離れられない。貧乏人の辛いところだ。

生け垣を抜けて台所門に向かおうとした、その時であった。

「曲者《くせもの》ッ」

横合いからいきなりに、殺気と大声を浴びせられた。

庭の築山《つきやま》、庭木の陰から黒い人影が飛びだしてくる。鋭い斬撃を放ってきた。

水谷弥五郎は咄嗟《とっさ》に跳んで避ける。着物の袖が切り裂かれた。

水谷弥五郎であるから避けることができた。あと少し跳び退《と》くのが遅かったなら致命傷を負わされていたに違いない。

斬りつけてきたのは女武芸者であった。歳の頃は十七、八。両目に殺気を漲《みなぎ》らせている。

「曲者めッ、覚悟！」

抜き身の刀で斬りつけてくる。水谷は腰に手を伸ばしたが、腰帯には刀がない。

「ま、待てッ、誤解だ！」

手のひらを突き出して制しようとしたが、相手はまったく聞く耳を持たない。

「姫君のおわすお庭に踏みいるとは、不届き千万ッ」

容赦なく斬りつけてくる。水谷は右に左に跳び、地面を転がって逃げた。せめて木の棒の一本でもあれば、と思うが、よく掃除された庭に、そんなものは落ちていない。

女武芸者が水谷の懐に鋭く飛び込んでくる。刀を一閃《いっせん》させた。水谷は胴を斬られた。着物が切り裂かれる。卯之吉からもらった紙入れが裂けて中の小判が地面に落ちた。

水谷は、懐に飛び込んできた女の首筋に手刀を打ち込んだ。女は「うっ」と呻《うめ》いて後退《あとずさ》る。

容易には斬れぬ、と焦《じ》れた女武芸者は大声で叫び始めた。

「曲者にござるッ、お出合いくだされーッ！」

周囲から人が集まってくる。屋敷を守る武士たちだ。いよいよ逃げ場がなくなってしまった。

真っ先に駆けつけてきたのは美鈴であった。

「ええッ？　あなたですか」

水谷を認めて目を丸くさせている。

水谷にとっては地獄で仏の登場だ。

「美鈴殿ッ、これは誤解だ！　そなたの口から説明してやってくれッ」

「えっ、あの……。松葉殿、ともあれ刀をお引きなさい。この御方は敵ではございませぬ」

真琴姫付きの別式女《べつしきめ》（女武芸者）、松葉に向かって言う。松葉は刀の切っ先を水谷に向けて構えながら、横目でチラチラと美鈴を見た。

「この男、何者なのですッ。美鈴殿は御存知なのですかッ」

「ええと、この人は……そのぅ……」

なんと説明したら良いのだろう。本当のことを言えば〝幸千代〟が替え玉であることが露顕してしまう。

「答えられぬのですね！　ならば斬るッ」

「待て待て待て！」

水谷は悲鳴をあげた。美鈴も慌てる。

「この人は、幸千代君のために働く、えーと、なんというのですか、そういう人たちのことを？」

松葉は眉根をしかめた。

「隠し旗本？　それとも忍びの者？」

「そ、そうじゃ。身分を隠して密かに働いておる！」

水谷弥五郎は話を合わせた。美鈴も急いで割って入る。

「わたしも知っている人ですし、若君様も御存知ですから、大丈夫です」

松葉は悔しそうな顔をして、それから刀を鞘《さや》に戻した。

「手前の不調法《ぶちょうほう》だったようです。ご無礼、許されませ」

水谷弥五郎に向かって一礼すると、真琴姫の警固に戻って行った。

「肝が冷えたぞ」

水谷は胸を撫《な》で下ろした。その着物が切り裂かれている。足元には小判が落ちていた。小判に刀傷がついている。懐に小判がなかったなら、腹を斬られていただろう。

「なんですか、その小判は」

美鈴に見られて、水谷は大慌てで拾い集めた。

「これは、若君様より拝領の金子《きんす》だ」

美鈴は「ふ〜ん」と冷たい目で見ている。おおよその金の使い道を察している、という顔つきであった。

三

建ち並んだ町家の隙間を木枯らしが吹き抜けていく。江戸の景色も冬へと移り変わろうとしていた。

武家屋敷には多くの木が植えられている。冬になればいっせいに落葉し、風に飛ばされ、水路に流れ落ちる。江戸は水運によって支えられている町だ。掘割（水路）が網の目のように張りめぐらされ、荷を積んだ舟が多く行き交う。

掘割に溜まった塵《ごみ》は、たちまち水運の妨《さまた》げとなる。すぐにも取り除かねばならない。初冬の季節には江戸中で水路の溝《どぶ》さらいが行われた。冬場は水の少ない季節だ。さらには近郷の農村から、稲刈りを終えた百姓たちが出稼ぎに来る。大規模な溝さらいをするための好条件が揃っていた。

膝まで水に浸かった男たちが、鍬《くわ》を振るって掘割の底をさらっていた。落ち葉はもちろん、枯れ枝や、投げ捨てられた皿や鉄釜なども拾い上げる。水は冷たく、辛い作業だ。

そこへ黒巻羽織の同心が通り掛かった。幇間みたいな小者を従えている。

その小者が「おやぁ？」と、素《す》っ頓狂《とんきょう》な声を上げた。

「水谷の旦那じゃあ、ござんせんか」

水谷弥五郎は（まずいところを見られた）と顔を背けた。汚い手拭いをほっかむりして顔を隠していたけれども、大柄な体格でやたらと目立つ。一緒に働く出稼ぎの百姓と比べたら、頭一つ分は背が高い。

ともあれ、見つかってしまったからには無視もできない。手拭いを取って、同心に向かって頭を下げた。

「これは南町の八巻殿。今日は……若君のほうでござるな」

幸千代は「うむ」と尊大に頷いた。ちょっと不思議そうな顔つきで水谷を見ている。

「なにをしておるのだ」

「なにを、と問われましても……ご覧の通り、手間賃が目当ての仕事でござる」

「銭に窮しておるのか」

幸千代はますます首を傾げている。

「本多出雲守の屋敷の穴掘りで、大金を稼いだと聞いておるが、その銭はどうしたのだ」

「いやあ、その銭は」

水谷弥五郎は照れ笑いをして顔を擦《こす》った。そのせいで顔に泥がついた。

「由利之丞が、芝居の役で衣装が入り用だと申したので、拙者が立て替えたのでござる」

歌舞伎芝居の役者は、舞台で着る衣装を自分で調えなくてはならない。ご贔屓《ひいき》筋に買ってもらうことが多い。

装束《しょうぞく》も調えられない不人気の役者を舞台にあげることはできない——ということになっているので、役者とすれば、華麗な装束を誰かに買ってもらうことは、なににも勝る重大事なのだ。

銀八はちょっと呆れた顔をした。

「由利之丞さんも、良いご贔屓をもったもんでげすなぁ」

「いやあ、それほどでもないがな！」

水谷弥五郎はますます照れて笑み崩れた。

「拙者が由利之丞にしてやれることといえば、まあ、それぐらいだからな」

「それにしたって、溝さらいをしなくたっていいんじゃねぇでげすか」

「用心棒稼業の口がかからんのだ。金相場の乱高下《らんこうげ》によって、皆、財布の紐が固い。よってこんな仕事しかない。否《いな》、仕事にありつけただけでも御の字だ。さぁて、頑張らねばな！」

水谷弥五郎は精魂込めて溝さらいを再開した。幸千代と銀八はその場を離れた。

「水谷様も幸せなお人でげす」

町中を歩きながら言う。

「抜け穴掘りは剣呑《けんのん》な仕事で、それだけに給金の払いも良かったはずでげすよ。これから冬でげすが、じゅうぶんにあったかくして暮らせるだけの銭を稼いだはずでげす。そいつをポンと投げ与えて、今度は冷たい水に浸かって溝さらいでげすからねぇ」

「本人はやけに幸せそうであったな」

「ですから〝幸せなお人だ〟って言ってるんでげすよ」

幸千代は空を見上げた。

「人の幸せとは、なんなのであろうな」

「どうしたんでげすか、急に」

幸千代は答えない。黒巻羽織の袖を北風に揺らしながら歩いていく。

正午を知らせる鐘の音が聞こえてきた。

「飯にするべぇ」

掘割の底から男たちが這い上がってくる。ちょうど都合よく、茶飯売りや稲荷寿司売りの屋台がやってきた。大勢が働いている場所には必ず屋台がやってくる。それが江戸の便利なところだ。

好きな物を買った男たちが、そこらに座り込んで飯を食い始めた。

「江戸の飯はいつ食っても旨《うめ》ぇべなあ」

「んだ。出稼ぎに来て、一番の楽しみは江戸の飯だべ」

江戸の庶民が食べる物であっても、農村の百姓にとってはご馳走なのだ。

「あとは、吉原や深川を冷やかすことが楽しみだべ」

登楼して女郎と遊ぶには稼ぎが足りないけれども、格子窓《こうしまど》から美人を眺めているだけでも十分に楽しい。田舎に帰れば自慢話の種になる。

「だけどよ」

と、無精髭《ぶしょうひげ》を伸ばした三十ばかりの百姓が愚痴《ぐち》をこぼした。

「なんだか今年は、吉原も深川も、すっかり寂れちまってるべぇよ。芸者の数も少ねぇしよ、女郎宿も障子を閉め切ってるべぇ。三味線の音も聞こえてこねぇし、まったくつまらねぇもんだべよ」

「んだなぁ。景気が悪いべ。オレっちも日傭取《ひようと》りの声もかからねぇしな」

日傭取りとは日払いの仕事のことだ。出稼ぎの労働者のほとんどがこれで稼いでいる。早朝、旅籠町《はたごちょう》に手配師がやってきて仕事の内容と賃金を告げる。納得したなら手配師についていって仕事をする。

ところが今年は手配師の数が少ない。仕事にありつけずに一日を旅籠で過ごす者も多かった。稼ぎがないのに宿代だけは支払うのだから大赤字だ。

浪人の水谷弥五郎は百姓たちとは距離をおいて飯を食っている。まったくもって身につまされる話だ。突然の江戸の不景気は、江戸で暮らす人々だけではなく、近郊の人々の暮らしまで苦しくさせていた。

男たちが座って飯を食っているその近くに〝迷子石《まいごいし》〟が立っていた。

高さ七尺ほどの石の四角柱だ。上のほうに〝たずねしほう〟と文字が掘られている。反対側の面には〝しらすほう〟と掘られていた。そしてそれぞれの面に文字の書かれた紙が糊で張り付けてあった。

水谷はしらすほうに張られた紙を見た。〝しんきち　五ツ　するがてふ会所〟と書かれてある。これは、しんきちという名で五歳の迷子を神田駿河町《かんだするがちよう》の町会所で保護していることを報《しら》せる張り紙だ。この紙を張ったのは駿河町の町役人《ちようやくにん》だ。

たずねしほうには、迷子を見つけてほしい、という願いの籠もった紙が張られている。名前と歳、迷子になった場所、父母の名前などが記されている。迷子を保護している町役人と、迷子を探す者たちが、この石にやってきて張り紙をする。

江戸には百万の人々が住み、日本中から武士や商人がやってくる。百姓や漁師が野菜や魚を運んでくる。ちょっと目を離した隙に子供の姿が見えなくなる、などということはよくあった。また、捨て子の数も多かった。

張り紙が風に吹かれている。寂しい景色だ。水谷弥五郎は冷えきった目で眺めている。

張り紙の中には風雨にさらされ、黄ばんだり破けたり墨が溶けたりしている物も多くあった。迷子が親元に戻されれば張り紙は剝《は》がされる。つまり、親元に戻れなかった、あるいはいまだに見つからないままの迷子が大勢いる、ということだ。

見つからない子供はどこへ行ってしまったのか。親元に戻れぬ子供はどうなってしまうのか。考えるだけで心が冷える。

と、その時であった。水谷弥五郎は迷子石の前に立つひとりの娘に気づいた。自分の背丈よりずっと高い迷子石を、上から順に、真剣な目で見つめている。

「そなたは」

水谷は思わず声を掛けた。娘のほうも水谷に気づいてちょっと驚いた顔をした。

「あなたは、若君様の密偵殿」

別式女の松葉であった。昨日、水谷に斬りかかった相手だ。切られた着物は、不器用な水谷本人が苦労して縫いつけた。無様な縫い目が残っている。

今日の水谷弥五郎は膝まで泥に浸かって、手には溝さらいの笊《ざる》を持っている。

松葉は不可解そうな顔つきだ。

「隠密のお働きですか」

水谷弥五郎は（まずい相手に声を掛けてしまったなぁ）と内心で後悔しつつも、顔つきだけは厳《いか》めしげに整えて答えた。

「市井《しせい》の者に紛れて探索をすすめるのが、拙者の役儀でござるのだ」

口から出任せにそんな嘘をついた。

「お役目、ご苦労さまに存じます」

「それで、そなたはなにをしておるのだ。人探しか」

松葉はちょっと口ごもったが、すぐに答えた。

「迷子を探す親の張り紙がないかと思って、見に来たのです」

「ということは迷子を預かっておるのか。それは一大事」

「迷子はあたしです」

「えっ？」

「十七年前に拾われた赤子。母の名はミツ。あたしの本当の名はわかりません」

「なんと」

「へその緒の入った守り袋があったのです。そこに母親の名がうっすらと書かれていたそうです。守り袋には氏神様の神社の名も記してあったのでしょうが、火事で焼けてしまって、今となっては手がかりは母の名前だけ。もしかするとここに来れば、十七年前に子供をなくした、おとっつぁんおっかさんの張った紙があるんじゃないかと。あたしを捜しているんじゃないかと。……そんなこと、あるわけないですよね」

水谷弥五郎はなにも答えられない。別のことを聞いた。

「そなたは江戸で拾われたのか」

松葉はコクッと頷いた。

「小石川《こいしかわ》の辻番が拾ったのだそうです」

「小石川」

水谷弥五郎は全身の毛がザワッと逆立つのを感じた。顔色も変わったらしい。

松葉が怪訝《けげん》な顔をした。

「なにか心当たりでも」

「い、いや。昔、小石川に住んでいたことがあるのでな」

「赤子をなくした親の噂を知りませぬか」

「じゅ、十七年前だと、もう、彼《か》の地は離れておった。上州《じようしゆう》や信濃国《しなののくに》を流れ歩いていた頃だ。何も知らぬ」

「そうですか……」

松葉は落胆の表情を浮かべた。

「おーい、やごどん。仕事を始めるだぞぅ。持ち場さ、戻らんかーい」

溝さらい仲間の声がした。

「拙者は役儀に戻らねばならん」

「どんな探索かは存じませぬが、ご成就をお祈りいたします」

「そなたもな。親が見つかることを祈っておるぞ」

水谷弥五郎は走って掘割に戻った。

（十七年前の小石川、母親の名はミツだと！　馬鹿な、そんなはずはない……）

心の中で叫び、心中に湧いた疑念を振り払う。鍬を手にすると、凄《すさ》まじい勢いで川底の落ち葉を掻《か》き上げ始めた。

＊

水谷弥五郎は大名屋敷の長い廊下を歩いていた。裃《かみしも》姿だ。生地は糊で固めてある。歩きづらいことこのうえもない。

水谷は一室の前で正座した。障子は開け放たれている。勘定奉行の植竹将監《うえたけしょうげん》が座っていた。でっぷりと肥えた、青黒い顔色の男だ。水谷は植竹に向かって拝礼した。

「水谷弥五郎でございまする。お呼びによって参上仕りました」

植竹は「うむ」と頷いた。腰の扇子を抜いて手招きした。

「近《ちこ》ぅ寄れ」

「ははっ」

水谷は敷居を越えて部屋に入る。植竹の正面に座って再び低頭した。植竹が「ふうっ」と息を吐いたのが聞こえた。太りすぎていて、ただ座っているだけでも息を切らせる男であった。

植竹は目を通していた帳面をポンと投げた。平伏する水谷の前に投げ出された。

「そのほうが提出いたせしこの調べ書き、よくできておる」

「畏《おそ》れ入りまする。拙者が調べたところによりますれば、藩庫より二万両の金子《きんす》が使途不明にして消えておりまする」

「由々しき事態じゃな。二万両の金子がなくば、領内の仕置きも叶《かな》わぬ」

「すでにして溜め池や用水路の土手が崩れておりまする。放置いたせば田植えに支障が出まする。領民たちが一揆を起こしかねませぬ」

「参勤交代の費用にも事欠く有り様。二万両が消えたことが大公儀に知れたならば、きつい仕置きも免れ得ぬ。そこでじゃ」

植竹はいったん言葉を切って、ジロリと不穏な目を水谷に向けた。

「此度《こたび》の一件、藩のご重役様がたが評議した結果、そのほうに泥をかぶってもらうこととあいなった」

なんだと？　と、耳を疑う気持ちが最初に来た。

「なにゆえ！　それがしの責めとなるのでございましょうや！」

植竹は煩《わずら》わしそうな表情を浮かべた。水谷の声が大きすぎたこともあるだろう。とにかく嫌そうな顔だ。

「そのほうにはなんの落ち度もない。そんなことは誰もが知っておる。実を申せば、その二万両を使ったのは殿とご重役様がたじゃ」

「なんと！」

「江戸で大公儀のお歴々を歓待せねばならなくなってな……」

大名家では徳川幕府のことを大公儀と呼ぶ。

「殿のご正室に将軍家の姫君を……と望んだご重役様がたが、大公儀の老中や、大奥のお年寄たちを持てなしたのだ。そのために大金が必要だった」

植竹は渋い表情になった。

「しかし、二万両も費やすことになるとは。大公儀のご老中、大奥のお年寄衆の強欲《ごうよく》ぶりには驚き入ったわい」

弥五郎のほうがもっと驚いている。田舎の小藩が将軍家と縁続きになりたがるとは、なんと無謀なことを企んだのか。金が続くわけがないのだ。

「水谷よ、この一件、家中《かちゅう》の誰かに責めを負ってもらわねばならぬ。他の誰に責めを負わせるというか。殿か？　ご家老か？　殿やご重役様がたに責めを負わせたなら藩は潰《つぶ》れる。大公儀の手でお取り潰しにされるのだぞ！　さすればどうなる。家中のすべての者どもが、女子供も含めて、路頭に迷う！　御家取り潰しなど、あってはならぬのだッ」

水谷弥五郎の全身がこわばる。額を汗が流れ落ちていく。

植竹は冷たい口調で告げる。

「そのほうが罪を認めて腹を切れば、それで藩の面目は立つ。大公儀への言い訳にもなる。殿と御家を守るためだ。これも忠義！」

「な、なれど……」

「殿もご重役様がたも、そのほうに罪がないことは承知している。そのほうの切腹の後で、水谷の家を重く取り立てるとお約束くだされた。そのほうは罪人として死ぬが、そのほうの子や孫には藩の重役の道が開かれようぞ」

「拙者には、子はおりませぬ……！」

「親類に家を継がせれば良い。やってくれような？　介錯人《かいしゃくにん》は夕刻、そなたの家に送る」

言うだけ言うと返事も聞かずに立ち上がり、奥の扉を開けて去ってしまった。

水谷弥五郎は茫然《ぼうぜん》として座っている。

城下の武家屋敷街を歩く。まるで幽霊のような顔つき、そして足どりだ。我が家の戸を開けた。屋内は暗く静まり返っていた。

奥の座敷に妻が一人で座っていた。恨みがましい目で水谷弥五郎を見上げてきた。

妻に伝えたいことや、言わねばならないことがたくさんあった。しかし言葉が出てこない。水谷の身体《からだ》は震えるばかりだ。

「……すまぬ」

たった一言、肺腑《はいふ》から絞り出した。

「すまぬ……すまぬ……！」

水谷弥五郎が両腕で宙を掻きながら苦しんでいる。

「弥五さんッ、どうしたのさ！」

添い寝をしていた由利之丞が跳ね起きた。水谷弥五郎を揺さぶって起こす。水谷はガバッと起き上がり、なおも息を弾ませた。額に脂汗が滴り落ちる。周囲を見回し、ようやくここが陰間茶屋《かげまぢゃや》の一室だと理解した。

「……夢か」

大きく息を吐いて首を垂れる。由利之丞が水谷の顔を覗き込んだ。

「酷《ひど》くうなされていたよ。どんな夢を見ていたんだい」

「う、うむ。……剣客の群れに取り囲まれて斬られる夢だ」

由利之丞は唇を尖《とが》らせる。

「突然暴れ出して掻巻《かいまき》をはね除けちまうんだもの、オイラ、寒くて目が覚めちまったよ」

掻巻を引き寄せると自分だけヌクヌクとくるまって、すぐに眠りに戻った。

水谷弥五郎は陰鬱《いんうつ》な顔で座っている。障子窓が夜風に吹かれてガタガタと鳴っていた。

＊

翌朝。本多家下屋敷の庭から木剣を打ち合う音が聞こえてきた。

向かい合うのは二人の女剣士。美鈴と松葉だ。互いに正眼《せいがん》に構えあう。二人ともが美貌の持ち主。涼しげな目と目で互いを圧《お》しあった。

「ヤアッ！」

松葉が気合いの声を発した。木剣を突きつけて牽制《けんせい》する。美鈴の身体がピクッと揺れたが、牽制には乗らず、大地を踏んだ両脚は微動だにしない。

美鈴がスッと踏み出すと、松葉がわずかに足を引いた。姿勢が崩れて気息《きそく》が乱れる。その隙を美鈴は見逃さなかった。

「エイッ！」

鋭く踏み込み、木剣を繰り出す。

松葉はその一撃を木剣で打ち払った。木剣と木剣がパンッと乾いた音を立てる。美鈴はさらに深く踏み込んで一撃を放った。木剣はビシッと松葉の腕を打った。

松葉が「うっ」と呻く。木剣がカランと地面に落ちた。

「参りました！」

松葉は打たれた腕を押さえながらその場に跪《ひざまず》いた。負けを認めて蹲踞《そんきょ》したのか、痛みでその場にうずくまったのか、どちらであろうか。

手加減のない一撃が当たってしまった。美鈴はちょっと怒ったような顔をしている。

「その程度の打ち込み、いつものあなたであれば容易に避け得たはず。今日はいったいどうしたのです」

「申しわけございませぬ」

松葉はますます首を竦《すく》めた。美鈴も松葉も真琴姫を守る武芸者なのだ。弛《たる》んでいたのでは曲者を撃退できない。

「なにか、心を乱す出来事でもあったのですか」

美鈴が訊《き》くと、松葉はちょっと悩ましげな顔で唇を噛んだ。それから意を決した様子で聞き返してきた。

「水谷弥五郎殿のことでございますが」

美鈴はちょっと驚いた。

「水谷さん？」

「若君様の密命を受けて働く、密偵のお人にございます。美鈴殿は御存じでございましょう」

「えっ、ええ。まあ、知っていますけど……」

なにゆえ突然、若衆好きの中年浪人の名前が出てきたのか、まったくわからない。

「あの人が、どうかしましたか」

「どちらにお住まいなのでございましょう」

「住まい？」

そう言われれば、どこに住んでいるのであろうか。

水谷弥五郎は陰間茶屋に入り浸り、ほとんどそこを塒《ねぐら》にしているわけだが、美鈴も若い娘である。陰間茶屋などという悪所のことは、よく理解していない。

美鈴が答えられずにいると、松葉は勝手な憶測をしたようだ。

「……そうですよね。隠密の御方がどこに住んでいるのかなど、わかるはずもございませんよね」

松葉は暗い表情だ。

＊

松葉は本多家下屋敷を出た。昨日、水谷弥五郎と出合った迷子石のところへ向かう。

掘割では今日も溝さらいが行われていた。男たちが泥まみれになって働いている。よくよく見たが、その中に水谷弥五郎の姿はなかった。

松葉は男たちに近づいた。

「もうし」

声を掛けると男の一人が大声で言い返してきた。

「お女中さん、泥がかかるよ。退《の》きねぇ、退きねぇ」

この時代の〝女中〟とは〝女〟に対する敬称である。老中に中の字がつくのと同じだ。

「お尋ねします。水谷弥五郎さんを御存じではないでしょうか。昨日、ここで働いていたお人です」

「水谷弥五郎？」

男たちは手を止めた。

（水谷弥五郎だとッ？）

その時、その名前に激しく反応した人物があった。たまたまそこを通り掛かった一人の武士だ。二十代半ばのその顔が、緊張を漲《みなぎ》らせて険しく歪《ゆが》んだ。

視線を巡らせて松葉の姿を認める。サッと物陰に隠れつつ、様子を窺い始めた。

溝さらいに従事する男たちは泥だらけの顔を見合わせた。

「やごどんのことかい。あのお人、お侍だったのかい」

「今日は来ていねぇべなぁ」

男の一人が松葉に向かって答えた。

「お女中さん、あっしたちは一日限りで雇われて日銭を稼いでいるんだ。毎日毎日、同じ所で働くわけじゃねぇのさ。そのお人が浪人様だってのなら尚更だべなぁ。溝さらいをしている姿を人に見られたくはねぇべ。知り人《しびと》に見つからねぇように、働く場所を毎日変えてるんだべなぁ」

浪人とはそういうものらしい。

松葉は水谷弥五郎を公儀の密偵だと思っている。ここでなにを調べていたのかは知らないが、ここでの張り込みは終わったらしい、と理解した。

「左様ですか。お仕事の邪魔をしました」

礼を言ってその場を離れた。

水谷弥五郎を見つけるための糸が途切れてしまった。どこを捜せばいいのだろうか。

松葉は本多家下屋敷に戻る。真琴姫を警固する役目がある。いつまでも出歩いてはいられない。

道を急ぎながら、ふと、誰かに見られているような気がした。振り返ると、さすがの江戸だ。大勢の武士や町人の姿が見えた。女たちも出歩いている。

もしも誰かに追けられているのだとしても、尾行者を特定することはできない。

気のせいかもしれない。自分が追われる理由がない。松葉は本多家下屋敷の台所門をくぐって屋敷に入った。

その姿を物陰からじっと見つめる男の姿があった。水谷弥五郎の名を聞いて驚いていた、あの男だ。

松葉が入った屋敷を見て、さらに驚愕《きようがく》している。

「ここは……！　幸千代君のご逗留先……！」

門番に見咎められないうちに、踵《きびす》を返して走り去った。

四

夜の深川。徒党を組み、大声でおだを上げる酔っぱらいの侍たちが道の真ん中をのし歩いてきた。

「邪魔だ、退《の》け退《の》けィ！」

「もう一軒いくぞォ！」

他の遊客たちを押し退けながら突き進んでくる。菊野は黙って道を譲って見送った。

年嵩《としかさ》の三味線芸者が眉根をひそめた。

「なんだろうねぇ、あの武《ブ》サは」

武サとは不作法な武士に対する蔑称だ。

「深川の格式も、ずいぶん見下げられたもんだよ」

不景気で客の入りが悪くなれば、座敷代や料理の値を下げてでも客を確保せねばならない。すると質《たち》の悪い客が入り込んできて、遊里の作法や礼節を踏みにじっていく。

年嵩の芸者の愚痴は続く。

「小判を持ってる客なんて滅多に来ないし、小判で支払いをされたらされたで、本物の小判なのかどうか、皆で目を凝らして検《あらた》めなくちゃいけないってんだから。嫌になっちまうよ」

菊野はお呼びのかかった料理茶屋の暖簾《のれん》をくぐった。二階座敷から田舎侍の大声が聞こえてきた。

店の主人も情けなさそうな顔をしている。

「困った客があがってるんだが、そこは姐さんの客あしらいで、どうにかしてもらえないだろうかねぇ」

菊野も客商売の玄人《くろうと》だ。深川一と呼ばれるだけの自負も腕もある。

「あいよ」

と自信たっぷりに頷いた。

「ありがたいねぇ。菊野姐さんなら田舎侍を手玉に取ることぐらい、なんでもないだろう。どうにも手に余るようなら叱りつけてやったっていいんだ。店の主のあたしが許すよ。よろしく頼んだよ」

菊野は問題の座敷に入った。中年の幇間が「待ってました！」と声を上げた。

「深川一の菊野姐さん！　待ってましたよ、さぁさぁこちらにお渡りを」

この幇間も武士たちのあしらいに困っていたようで、地獄で仏に会ったような顔をしていた。

菊野は艶然と笑みを浮かべて低頭した。

「菊野でござんす。お見知り置きを」

田舎侍は威張っているけれども、そこは田舎者なので純朴だ。お国自慢でも聞いてやって、民謡でも歌わせて、それを褒め上げていれば座敷が務まる。菊野にはなんの心配もなかった。

どのお侍から煽《おだ》てあげればいいだろうか、などと目配りしていた菊野であったが、座敷を盛り上げる必要もなくなってしまった。一人の武士が血相を変えて飛び込んできたのだ。

その武士はけたたましく足音を立てて廊下を走ってきた。仲居とぶつかりそうになったのだろう。仲居が「きゃあ」と悲鳴をあげた。

障子紙を破りそうな勢いで障子を開ける。よほど長距離を走ってきたのか、鬢《びん》が乱れて、初冬だというのに額に汗を浮かべていた。

「植竹様、こちらにございましたか！」

座敷のいちばん奥に座った老年の武士の前で両膝をついた。

「なんじゃ秋山《あきやま》、血相を変えおって」

老年の武士が植竹で、飛び込んできた武士が秋山という苗字らしい。秋山は目を剝《む》いて言上した。

「み、水谷弥五郎が、この江戸に隠れ潜んでおりましたぞッ」

その場の武士たち全員の顔色が変わった。

「なんじゃと！」

「水谷めは、生きておったのか……」

植竹が「鎮まれ！」と皆を一喝した。菊野と幇間に険しい顔を向ける。

「人払いじゃ。そのほうどもは下がれッ」

幇間は「へへーっ」と平伏する。菊野もすごすごと退室した。

廊下で幇間が取り乱した顔を向けてくる。

「なんだろうねぇ姐さん。あのお武家たち、討ち入りでも始めそうな剣幕だったよ。この深川で刃傷沙汰《にんじょうざた》なんか起こされたら困るよねぇ」

菊野は幇間に確かめる。

「隣の座敷は空いていたね」

「うん。客は入っていない。どうする気だい？」

「盗み聞きをするのさ」

菊野はそっと忍び込むと、座敷と座敷を隔てる壁に耳を近づけた。

男たちの声が聞こえてきた。

「秋山、どこで水谷を見つけたのだ」

武士たちが秋山を取り囲んでいる気配だ。秋山が答える。

「や、やつは、こともあろうに本多出雲守様の下屋敷に出入りしておる様子にござる」

男たちが一斉にいきり立った。

「なにッ、筆頭老中の、本多出雲守様かッ？」

「ただ今、本多家下屋敷には、将軍家の若君が匿《かくま》われておると聞いたぞ！」

「水谷めが、幸千代君の御前に伺候《しこう》している、というのかッ」

「鎮まれ」

と、植竹の声がした。

「秋山、今の話、間違いないのだな？」

「拙者がこの目でしかと確かめ申した！　若君様の許嫁《いいなずけ》付きの女中、松葉なる者が水谷と繋《つな》ぎ（連絡）を取り合っておる様子！」

植竹が唸《うな》った。

「水谷め、許嫁の姫君を介して、幸千代君に近づこうという魂胆か」

別の武士が植竹に問う。

「水谷めが、なんの目論見《もくろみ》があって幸千代君に取り入らんとするのでございましょうや」

「無論のこと、我が藩が起こした十八年前の不行跡《ふぎようせき》、それについて幸千代君の耳に吹き込まんとする企てに相違あるまい！」

男たちがどよめく。取り乱した誰かが叫んだ。

「幸千代君のお耳に達したなら、藩のお取り潰しもありえますぞ！」

「鎮まれと申しておる」

皆が植竹を取り巻いて詰め寄る、そんな気配が伝わってきた。

「植竹殿、我らは、いかにいたすべきか！」

「策をお聞かせくだされ！」

植竹は無言で考え込む様子であったが、やがて低い声音《こわね》で答えた。

「水谷は浪人。伝《つて》を頼って訴えようとも、そう易々《やすやす》とは、若君様の御前には出られまい。……我が藩の醜聞、いまだ若君様のお耳には達しておらぬ、と、そう信じて賭《か》けるより他にあるまい」

「と、申されると？」

「今のうちに水谷弥五郎を見つけ出して、斬る！ その口を永遠に封じるのだ」

男たちは一斉に「応《おう》！」と答えた。同意の意味だ。

秋山の声がする。

「松葉なる女中を追け回せば、必ずや、水谷弥五郎の隠れ家へと導いてくれましょう」

「良き思案だ」

植竹が褒めた。それから皆に向かって命じた。

「一同！ 本多出雲守様の下屋敷を見張るのだ。手分けしてすべての門を見張れ。さぁ、ゆくぞ！」

　皆で吠えると座敷から列を作って出ていく。店の出口に進んだ。

「もうお帰りでございますか」

　店の主人の声が聞こえる。植竹たちは銭を払って出ていったようだ。菊野が廊下に出ると、主人が恐ろしげな顔でやってきた。

「なんだろうねぇ、あのお侍たち。おっかない顔で出ていったよ。これだからお武家の客は嫌なんだ」

　菊野は主人に聞き返した。

「客が帰ったのなら、今夜のお座敷はお終《しま》いだね。あたしも帰らせてもらいますよ」

「なんだい、姐さんまでおっかない顔をして」

　菊野も緊迫しきった表情になっていたらしい。

＊

　江戸の歌舞伎は幕府から〝御免櫓《ごめんやぐら》〟を下賜《かし》されて興行している。この御免とは将軍家の許しを得ている、という意味だ。町人文化を弾圧したがる武家政権下において特権的な立場を誇示し続けたのが江戸歌舞伎なのであった。

中村座《なかむらざ》のある堺町《さかいちょう》と市村座《いちむらざ》のある葺屋町《ふきやちょう》は、あわせて二丁町《にちょうまち》と呼ばれ、役者や芝居興行に従事する人々がまとまって暮らしていた。

菊野は市村座の裏口に向かった。由利之丞の呼び出しを頼む。頼まれた女形《おやま》は、「あんたみたいな美人にうろつかれたら、あたしら女形が形無しになっちまうじゃないのさ」などと厭味《いやみ》を言ったが、小銭を握らせると黙って由利之丞を呼びに向かった。

すぐに由利之丞が出てきた。今日は舞台衣装を身につけている。

「菊野姐さん。見てよオイラのこの姿！」

満面の笑みでクルリと回って見せる。

「今度こそ大当たりを取ってみせるよ。大向こうを唸らせて評判も鰻登《うなぎのぼ》りになるのさ。姐さんだって、この姿には惚れ惚れしちまうだろう？」

この自信はいったいどこから生まれてくるのか。

呑気な由利之丞に付き合っている暇はない。

「弥五さんはどこにいるの」

「弥五さん？　さぁてねぇ？」

「いつも一緒にいるのに、どこにいるのか、知らないのかい」

「弥五さんのほうからオイラのところに押しかけてくるからねぇ。こっちから弥五さんを探したことなんかないんだよ」

由利之丞はちょっと考える顔つきとなった。

「そう言われれば弥五さん、塒を転々としているみたいだね。長屋を借りても、半年と住み続けたことがない。すぐに引っ越しちまうんだ」

由利之丞は少しだけ深刻そうな顔をした。

「弥五さんはご浪人様だからねぇ。お侍様が浪人に身を落とした理由なんて、ろくでもないものに決まってる。もしかしたら、誰かに追われているのかもしれないねぇ……」

いつも豪快な水谷弥五郎であったが、身近に暮らす由利之丞にだけは、暗い一面を覗かせていたようだ。

しかし困った。どうやって水谷弥五郎を見つけ出せば良いのだろうか。そうこうしている間にも、水谷弥五郎の身に危険が迫っている。

「姐さん、どうしても弥五さんを見つけたいってのなら、荒海一家の親分に頼んでみたらどうだい。弥五さん、荒海一家の口利きで用心棒を引き受けることもある。三右衛門親分にだけは、居場所を伝えてあるんじゃないかな」

「なるほど、ありがとう！」

菊野は駆けだす。

「姐さん、弥五さんの身になにかあったのかい」

返事をしている暇も惜しい。菊野は町駕籠《まちかご》を呼び止めた。駕籠は菊野を乗せて威勢よく走り出す。由利之丞は首を傾げて見送った。

＊

水谷弥五郎は長身の背丈を猫背に丸めて、コソコソと通りを歩いている。じつに疚《やま》しそうな姿だ。

ここは八丁堀《はっちょうぼり》。町奉行所の同心の屋敷が建ち並んでいる。そんなところで顔を隠して、人目を憚《はばか》る様子を見せていたら、かえって怪しまれてしまうであろうが、幸いなことに見咎められることもなく、八巻屋敷の前までたどり着くことができた。

「ご、御免……！」

甲高《かんだか》く裏返った声が出てしまった。ゴホッと咳払いをしてから改めて、

「御免！」

と声を掛けた。すぐに銀八が出てきた。

「おや、水谷様。本日もよいお日和《ひより》でげすな」

「や、八巻殿は、ご在宅かな……？」

「どっちの？　若君様のほう？　それとも若旦那のほう？」

「若旦那のほうの八巻殿と面談したい」

「それでしたら、ただ今、本多様のお屋敷で若君様をやっていなさるでげすよ」

ややこしい。

「ううむ。御殿にいるとなると、そう簡単には話ができぬなぁ」

「どういったご用件で？」

「借財だ」

「またでげすか」

「今度の芝居で由利之丞が張り切っておってな。お座敷にご贔屓筋を集めて披露《ひろ》目《め》の宴を開きたい、と申しておるのだ。ついては引き出物として役者絵も作りたいと申しておってな……」

新しい芝居興行が封切りとなる前に、人気役者は宣伝として披露目の宴会を開く。千両役者ともなれば、町中を練り歩き、舟で掘割を派手に流して宣伝する。その際には自分の顔と役柄を描いた浮世絵も配られた。（ブロマイドやポスターの原型で、今日に残る役者浮世絵のほとんどはこのようにして作られた物だ）。

銀八は首を傾げた。

「そりゃあ、高くつくでげしょう」

「わかっておるが、銭がないからといって何の手も打たなければ、あの者は一生、日の目を見ぬままで終わってしまう。ここは無理をしてでも披露目の宴をするべき時かと拙者も思うのだ」

水谷弥五郎は銀八の前で手を合わせて伏し拝んだ。

「頼む！　そなたの口から八巻殿に伝えてくれぬか！」

「へ、へい……。まぁ、伝えるだけならお安いもんでげすが、期待はしないでおくんなさいよ。それじゃあ行ってくるでげすが、若君様のお相手を頼みますよ」

「なにッ？　しょ、将軍家御令弟《ごれいてい》の相手をしろと申すか……」

「剣の稽古に付き合ってあげれば大喜びでげすよ」

「ふむ。それなら拙者でも務まりそうだ」

「頼んだでげすよ」

「そっちも頼むぞ」

銀八は急いですっ飛んでいく。なにやら、幸千代を水谷に押しつけることができて幸いだった、みたいな顔と物腰であった。

屋敷の奥から幸千代が現われた。水谷の姿を認めると「おう」と軽い挨拶を寄越した。

「お前か。ちょうど良かった。剣術稽古の相手をいたせ。南町奉行所の同心どもではまったく相手にならぬのだ。今日も玉木を軽く揉《も》んでやったが、たちまち音をあげおった」

水谷は大きく頷いた。

「望むところでござる。拙者も今日はいささか気が立っておりもうしてな。憂さ晴らしをしたいと思っていたところでござる」

「面白い」

幸千代は不敵に笑った。

五

水谷弥五郎と幸千代は大川の広い河原に向かった。そもそも八丁堀とは全長八丁（約八七三メートル）の水路のことで、この水路は大川（隅田川）に繋がっている。

大川の河口付近には広い砂地と葦《あし》の原が広がっていた。幸千代は同心の黒巻羽織の袖を揺らしながら、広大な砂州《さす》を眺めた。

「八巻の屋敷は庭が狭い。この河原でならば存分に木剣を振るうことが叶うであろうぞ」

「まさにうってつけにござるな」

水谷弥五郎も闘志を漲らせている。襷《たすき》を掛けて袖を絞り始めた。

幸千代は水谷弥五郎に不敵な笑みを向ける。

「わしは手加減をせぬぞ。そちらも斟酌《しんしゃく》無用にいたせ」

「心得申した」

二人はスッと木剣を構えた。切っ先を相手に向けあう。二人の腰がグッと力強く沈んだ。揺るぎのない構えで対峙《たいじ》する。

「参るぞ！」

「おう！」

幸千代と水谷が吠えた。剣客ふたりの覇気によって周囲の枯れ葦がザワッと揺れた。

「タァーッ！」

幸千代が打ち込む。水谷は木剣で受けた。その音に驚いて水鳥が一斉に飛び立った。

＊

銀八はいつものように愛想笑いを振りまきながら本多家の下屋敷に入った。

「へへっ、毎度おなじみの銀八にございます。若君様へのお取り次ぎをお願いいたします」

本多家の家来たちは不審でならない。なにゆえに幇間が幸千代に面談を求めるのか。そして目通りを許さねばならぬのか。本多出雲守からも「銀八なる者が来た時には必ず目通りをさせるように」と言い渡されている。本多出雲守にとっても銀八は大切な繋ぎ役（連絡係）だからだ。しかし事情を知らない者たちにとってはじつに奇妙な話なのであった。

銀八は庭に入った。幸千代に扮した卯之吉はすぐにやってきた。そして話を聞いた。

「ふ〜ん。水谷様もずいぶんと熱が入っているようだね」

「さいでがす。ですがね若旦那。そこまでしてあげても、由利之丞さんの芝居が評判になるかどうかは怪しいものでげすよ」

「まぁいいじゃないか。たいして金がかかるわけじゃない。やりたいようにやらせてあげるがいいよ」

そう言うと、懐から摑みだした紙入れを無造作に銀八に渡した。

「ひゃあ！　またこんな大金を……」

預かる銀八のほうは腰を抜かさんばかりである。この大金を〝たいして金がかからない〟と言う。卯之吉とは長い付き合いだが、この金銭感覚だけは、どうにも慣れることができない。


少し離れたところで庭の警固を担当する別式女が腰をかがめていた。

その顔色がみるみるうちに変わっていく。

（いま、確かに水谷弥五郎と言った……）

幸千代が金子を預けたのは、水谷弥五郎に対する報償か支度金であろうと誤解した。とすると、あの幇間のような男も隠し旗本——あるいは密偵に違いない。

（さすがは若君様の忍び衆。どこからどう見ても本物の幇間だ……）

恐ろしいまでの変装術である。

それはさておき、水谷弥五郎の名を聞いたからにはじっとしていられない。

（あの密偵を追けてゆけば、水谷殿の隠れ家にたどり着くに違いない）

銀八は滑稽な足どりで庭を出てゆく。松葉はその後ろ姿を追って進んだ。

銀八が屋敷の門を出る。武家屋敷の通りを抜けて、江戸の町人地に進んでいく。

松葉もこっそりと屋敷を出た。相手は徳川家中でも指折りの忍びであろう。気づかれないように足音と気配を殺しつつ進む。

尾行に全神経を集中していた松葉は、それゆえに自分の背後への注意がおろそかになった。尾行中の自分がまさか尾行されていようなどとは、まったく考えもしなかったのだ。

「見ろ！　女が出てきた」

秋山が指差した。

「あの者こそが、水谷弥五郎と繋ぎをつけている別式女だ」

常夜灯の後ろに身を潜めていた武士たちが三人、表道に出てくる。

「よし、追うぞ」

「決して見逃しはせぬ」

「今度こそ藩の仇敵《きゆうてき》、水谷弥五郎を討ち取るのだ！」

三人の武士は面相を険しくさせて、松葉の後ろを追けていく。

＊

銀八が本多家下屋敷まで行って、八丁堀に帰ってくるまでに、ほぼ一刻《いっとき》（約二時間）の時がかかった。

幸千代と水谷の姿が屋敷にない。近所の同心屋敷の小者に訊《たず》ねると『河原に稽古に向かったようだ』と教えてくれた。銀八は大川の河原に走った。

「ああ、いたいた」

二人が木剣で打ち合っている。互いに突進し、跳んで避けては行き違い、立ち位置を踏み換えては、また木剣を突きつけあった。

すごい殺気だ。迂闊《うかつ》に近づいたらこっちが殴られてしまいそうである。銀八は遠くから声を掛けた。

「水谷様ァ、お約束のモノを預かって参りましたでげすよ〜」

水谷が木剣を下ろして、スルスルと後退した。

「今はこれまで！」

ちょっと待ってくれ（西洋スポーツでいうところのタイムコール）という意味だ。幸千代も「よかろう」と頷いて木剣を引いた。銀八は水谷に駆け寄った。

「若旦那が、こいつを水谷様に、って仰《おっしゃ》っていたでげす」

紙入れを渡すと、水谷は中身を検めた。

「これで助かった！　かたじけない！」

「御礼は若旦那に言ってほしいでげす」

水谷は幸千代に向かってお辞儀をした。

「これより行かねばならぬ所がござるので、本日の稽古はこれまでといたしとうござる」

「うむ。よい稽古であった。いつでも参れ。相手になってやる」

銀八は（水谷様が八丁堀のお屋敷に来るのは、借金を頼む時だけでげす）と心の中で思った。卯之吉は簡単に金を貸すうえに、返済されなくても気にしない。それどころか金を貸したことを忘れているんじゃないか、と思うこともある。

幸千代は顔を銀八に向けた。

「我らは夜の見回りに赴《おもむ》くぞ。もうすぐ日が暮れる。悪党どもが徘徊《はいかい》を始める頃合いだ」

銀八は正直、辟易《へきえき》とする。

「今日は、一日中、町回りをしたじゃねぇでげすか」

「暇があれば町回りをせよ、と、村田銕三郎も申しておったぞ」

村田は異常なまでに仕事熱心だ。村田の言いつけに対し、真っ正直に従っていたら身が持たない。過労で病気になってしまう。

「ゆくぞ」

幸千代は背を向けて歩いていく。こうなれば銀八は従うより他になかった。

「それじゃあ水谷様、御免なすってでげす」

幸千代と銀八が去った。水谷弥五郎だけが河原に残された。辺りはすでに薄暗く、人の気配もない。冷たい風が葦の葉を揺らしていた。

水谷は紙入れを懐の深くに突っ込んだ。

「これで由利之丞が喜ぶ」

鼻の下を伸ばして笑み崩れていると、

「もうし」

突然に葦の陰から声をかけられた。一人の娘が姿を見せた。

水谷の顔が暗い表情となった。

「松葉殿……」

松葉は水谷に駆け寄ってきて、正面に立った。

「母の名はミツ。あなた様は、この名に心当たりがあるのではございませぬか」

水谷は激しく動揺した。

「なにゆえ、そのように決めつける」

「わたしが最初に母の名を告げた時に、あなた様のお顔の色が変わりました！　なにか大事なことを知っている、というお顔でした！」

「……左様であったか」

水谷はガックリと肩を落とした。

「顔の色に出ていたか。拙者もまだまだ修行が足りぬな……」

「どんなことでもいいのです！　なにか知っているのなら、教えてください！」

水谷は松葉に目を合わせることもできずに俯《うつむ》いている。顰《しか》め面《つら》で拳を握り締めていたが、ついに、意を決した顔つきで口を開いた。

「そなたは──」

と、その時であった。大勢の男たちが枯れ草をかき分けて迫ってきた。その気配を察した水谷は、松葉を背後にかばいつつ刀の柄《つか》に手を伸ばした。

謎の男たちは総勢で十人。皆、腰の刀に反りを打たせた武士たちだ。襷を掛けて袖を絞り、袴の股立《ももだち》を高く取っている。着物の袖や袴の裾《すそ》を、斬り合いの邪魔にならないようにしているのだ。

武士たちは水谷と松葉を取り囲んだ。その中の一人が刀を抜き、切っ先を水谷に突きつけた。

「水谷弥五郎だなッ。やはり、幸千代君に密告せんとしておったのだなッ」

叫んだのは秋山だが、水谷はその顔を知らない。

別の武士が叫ぶ。

「我らが家中の仇敵め！　生かしてはおけぬッ。積年の怨《うら》み、思い知れッ」

水谷は武士たちの顔を順に見た。皆、若い。見知らぬ者たちばかりだ。水谷は確かめた。

「お前たちは益積《ますづみ》藩の家中か」

「いかにもッ」

「そなたたち、十八年前ならばまだ子供……。家中で何が起こっていたのか知ってはおるまい。お前たち若い者には与《あずか》り知らぬ藩の醜聞……斬り合うのも愚かしい。刀を引け。拙者はもはや益積藩とはなんの関わりもなき者。おまえたちと斬り合うつもりはない」

「逃げ口上《こうじょう》など無用だッ」

秋山がいきなり斬りかかってきた。

水谷は素早く抜刀した。斬りつけてきた刀を打ち払う。刀と刀が激突して火花が散った。

「うっ」

秋山は真後ろに弾き飛ばされた。腕を押さえて歯ぎしりする。斬りつけた刀を撃ち返されると、斬りつけた側の腕に衝撃が走る。骨がきしみ、指の関節がもぎれそうになる。その痛みに驚き、苦しんでいるのだ。水谷と秋山では剣の腕前が隔絶していた。

ここで水谷が斬り返したなら、簡単に秋山を斬り殺すことができたはずだ。しかし水谷には殺意がない。いまさら十八年前の出来事を理由に人を殺すつもりもなかった。

「刀を引くのだッ、軽挙妄動《けいきよもうどう》するなッ」

若侍たちはますます顔に怒気を上らせるばかりだ。

一人が叫ぶ。

「幸千代君ご配下の別式女と繋ぎをつけあっておることがなによりの証拠！　若君様のお耳に悪《あ》しき讒言《ざんげん》を吹き込もうとするその魂胆、見え透いておるぞッ」

水谷にとっては馬鹿馬鹿しい決めつけだ。幸千代の耳に益積藩の悪口を吹き込みたいのなら、稽古をしていた時に直接言う。

そう思ったのだが、南町奉行所の同心、八巻こそが幸千代なのだ、などと説明したところで信じてはもらえまい。

「わかった。拙者が相手になろう。だが、この別式女殿には、なんの関わりもなきこと！」

松葉は水谷と背中を守りあうようにして油断なく構えている。

秋山が答えた。

「その女の口から幸千代君のお耳に讒言が届けられてはならぬッ、皆、その女も斬るぞッ」

「おう！」と応えて若侍たちが四方八方から斬りかかってきた。

「やむを得ぬ！」

水谷も腹を括《くく》った。相手の腕や足の一本ずつも切り落としてやらねば埒《らち》が明きそうにない。突きつけられた刀を打ち払う。しかし相手は大勢。しかも取り囲まれている。

背後には松葉もいるのだ。水谷一人だけならば思い切って斬り込んで相手の包囲陣を崩すこともできる。腰の据わらぬ若侍たちだ。水谷が前進すればたちまち逃げ腰になって陣形が崩れる。包囲陣を崩したところで一人ずつ、倒してゆけば良い。

だが、水谷だけが前に進めば、松葉がこの場に取り残されて包囲される。松葉も一角《ひとかど》の剣士だが、前後左右の敵を同時に相手をするだけの腕はない――と水谷は見ている。

背後に松葉を庇《かば》いながら戦うしかない。次々と斬りこんでくる刀を打ち払うことで精一杯だ。松葉も必死に戦っているが息が荒い。体力が尽きたところで斬られてしまうに違いなかった。

水谷は歯を食いしばった。

（この娘を殺されてなるものかッ）

敵の一人の腕を斬った。その若侍は無様にも悲鳴をあげて戦列を離れる。さらにもう一人の刀を折る。水谷の刀は人斬りの大刀。若侍の細刀ぐらい、圧《へ》し折ることなど造作もない。

若侍たちが動揺した。さらにそこへ黒巻羽織の同心が駆けつけてきた。幸千代だった。お供の銀八も引き連れている。

「慮外者《りよがいもの》どもッ！　上様のお膝元たる江戸の市中を騒がせるとは何事かッ」

大喝《だいかつ》し、自らも抜刀して突っ込んできた。

「あれは南町の八巻だッ。剣の使い手だぞッ」

本物の卯之吉であればとっくに失神しているところだが、幸千代は剣術の達者である。若侍たちが斬りかかったが、斬りかかってきた複数の刀をなんなく捌《さば》いて撃ち返した。

銀八は空に向かって呼子笛《よびこぶえ》を吹く。甲高い音があたりに響いた。近在の番太郎たちが駆けつけてくるだろう。若侍たちはますます動揺した。

「退《ひ》けッ」

秋山が命じる。若侍たちは逃げ腰になった。早くも遁走《とんそう》を始めた者までいた。

それを見た松葉は思わずホッと安堵《あんど》の息を漏らした。全身の緊張感を緩めてしまった。

「危ないッ」

水谷が叫んだ。松葉の背後に駆け寄ってきた一人の武士が、走り抜けざまに一刀を振り抜いた。松葉の背中を深々と斬った。

「おのれっ」

水谷が駆け寄る。侍を斬ろうとしたところへ松葉が倒れ込んできた。

水谷は松葉の身体を抱き抱える。その手のひらに松葉の血が広がった。松葉の顔がみるみるうちに蒼白《そうはく》になっていく。

「しっかりいたせ！」

若侍たちは逃げ散った。荒海一家と三右衛門、さらには菊野が駆けつけてきた。三右衛門が叫ぶ。

「遅かったか！」

水谷弥五郎が狙われている、という話を菊野から聞いて、水谷を探していたのだ。

「呼子笛を聞いて駆けつけてきたら、この有り様だ！　一足遅かったぜ！」

顔を顰めて悔しがる。菊野は松葉の様子に驚いている。

「大変！　お医者を呼ばないと！」

「ウチのお屋敷に運んでくだせぇ。あっしは若旦那を呼んでくるでげす！」

銀八が走り出そうとした。

「待てィ銀八」

三右衛門が止めた。

「本多様のお屋敷まで報せに行ったんじゃ間に合わねぇ！　この近くに稲村仙斎《いなむらせんさい》ってぇ金瘡医《きんそうい》がいる。診察代をふっかけやがって、目ン玉が飛び出るほどに金を取るって話だが、そのぶん腕は確かだ」

「そんな大金がどこにあるでげすか」

「ここにある」

水谷は懐を探って卯之吉から借りた紙入れを出した。

「この金で医者を連れてきてくれ」

銀八は水谷を見つめる。

「水谷様、この金子は……」

「かまわぬ！」

「へいっ、それじゃあ」

銀八は紙入れを受け取った。

松葉は八丁堀の八巻屋敷に運ばれた。まもなく稲村仙斎がやってきた。五十代後半の貫禄のある男だ。銀八や荒海一家の子分たちに提灯で照らすように命じて松葉の傷を検めた。そして「ううむ」と唸った。

「わしにできる限りの手は尽くす。しかし、一命を助けることができるかどうかは請け合えぬ」

水谷は稲村にむかって低頭した。

「やってくだされ」

「わかった」

医者の弟子たちが担いできた薬箱や手術道具を広げると、傷口を焼酎で洗い始めた。

傷の縫合が終わった頃に、卯之吉が駕籠に乗ってやってきた。稲村仙斎はチラリと横目で卯之吉を見た。

「お前さんの顔には見覚えがある。松井《まつい》春峰《しゅんぽう》のところの内弟子だな。ふん、上物の着物を着ておるな。医者として成功したようだ。なによりのことだ」

卯之吉が高名な蘭方医の下で修行をしていた頃を知っていたらしい。卯之吉は若君様の格好だ。よほどの流行り医者（評判の名医）でなければ、ここまで高級な装束は買えないし、着て歩かない。医者として成功したと勘違いされたのはそのためだ。

卯之吉も、今の自分の立場を説明するのが面倒臭いし、そもそも説明するつもりもない。稲村は血で汚れた手を洗うべく手水場に向かう。それについていって、小声で質《ただ》した。

「お見立てはいかがです。助かりそうですかえ？」

「難しいな。明日の朝まで生きていられるかどうか」

その言葉を、物陰から幸千代も聞いていた。

手を洗い終えた稲村は、弟子たちを連れて帰っていった。

六

松葉が布団に横たわっている。脂汗を滲《にじ》ませて、浅い呼吸を繰り返していた。

周囲には、水谷弥五郎、菊野、幸千代、銀八がいた。

松葉が薄く目を開けた。

「水谷弥五郎様……」

目もよく見えないらしい。

「ここにおる」

水谷は松葉の手を握り締めた。

松葉は水谷の顔を見つめた。震える声を絞りだした。

「あなた様は、わたしの……お父上様なのではございませぬか……」

水谷は唇を噛みしめて頷いた。

「拙者には生き別れの子がおる。十八年前に脱藩し、身重の妻を捨てたのだ。その子が無事に育っておるならば、ちょうど、そなたの年齢になるだろう」

水谷は声を震わせた。

「拙者の妻の名はミツであった。そなたは妻に面差しが良く似ておる」

松葉は目尻《めじり》から一筋の涙を流した。

「……父上様。ようやく会えた」

水谷弥五郎は大きな背中を震わせた。

水谷弥五郎は庭に出た。夜空の月を見上げている。

幸千代と菊野がやってきて、いたわしそうに水谷を見た。最後に卯之吉がやってくる。水谷が卯之吉に向かって質した。

「松葉は」

「ちょうど眠ったところです」

水谷は力なく頷いた。それから顔を上げて皆を見た。

「拙者の身の上話を聞いてもらいたい」

菊野が首を横に振る。

「お辛いお話なのなら、水谷様の胸の奥にしまっておいたほうが、よろしいんじゃないでしょうか」

武士が脱落し、浪人に転落した話など、辛くてみじめで不名誉なものに決まっている。無理に話して聞かせるようなものではない。

それでも水谷の決意は変わらなかった。

「ただいまの拙者は人斬り稼業の浪人だ。いつ斬られて、野に屍《しかばね》を晒《さら》すかもわからぬ。拙者が死ねば、我が人生に起こった事の顚末《てんまつ》は誰にもわからぬことになってしまう。だから、皆に聞いてほしいのだ」

＊

水谷の屋敷の奥座敷には大きな仏壇が置かれてあった。水谷家代々の位牌《いはい》が並べられていた。

仏壇の前で水谷弥五郎は、妻のミツと向かい合って座った。

「わしは、藩の悪政の責めを負わされて、腹を切ることとあいなった」

両膝の上で拳が震えた。袴をきつく握り締めた。

「なんたる理不尽！　こんなことが許されて良いのかッ」

ミツはなにも言わない。能面のような無表情で夫を見ている。

弥五郎は身を震わせ続ける。

「拙者も武士！　死ぬことを恐れはせぬ。だが、水谷の家に汚名を残すのがつらい。ご先祖に対して申し訳が立たぬ！」

仏壇に並んだ代々の位牌が、まるで弥五郎を睨み下ろしているかのようだ。

弥五郎はミツに向かって言った。

「そなたも〝切腹者の後家〟と呼ばれることになる。それでは立つ瀬がなかろう。離縁してつかわす」

弥五郎は文机《ふづくえ》のところへ行って、硯箱《すずりばこ》の蓋《ふた》を開けた。離縁状――俗にいう三《み》行半《くだりはん》――を認《したた》めはじめた。

ところがそれを書き終える前にミツが答えた。

「離縁状など、いりませぬ」

冷たい目で弥五郎を見ている。

「わたくしに実家に戻れと言うのですか。とんでもないことです。水谷の家は、あなた様の亡き後、わたしがしっかり守ってまいります」

弥五郎は、なにを言っているのか、わからぬ、という顔をした。

「だが、水谷家には跡取りがおらぬぞ」

二人の間に子はできなかった。しかし。

「おりまする」

ミツは自分の腹を撫でた。

「ここに跡取りがおりまする。日々、すくすくと育っておりまするぞ」

そしてミツは笑った。微《かす》かであるが確かに笑った。勝ち誇った笑みであった。

「嘘を申すなッ」

弥五郎は吠えて妻に詰め寄る。

「わしの子であるはずがないッ」

「当たり前でございます。あなたさまは、女を抱けぬ御方」

「誰の子なのだッ」

その時、屋敷の中に一人の武士が入ってきた。

「切腹の介錯を承ってまいった」

草鞋《わらじ》履きのまま、奥座敷に踏み込んでくる。

「切腹の場所はここで良いのか？　さぁ、仕度を進められよ」

さっさと腹を切れ、と言わんばかりの口調と態度だ。

異常な事態の連続に、弥五郎の精神が少しずつ崩れてゆく。

「郁太郎《いくたろう》ッ、お前が介錯人なのか……！」

弥五郎にとっては従兄弟《いとこ》にあたる。

現実が受け入れられない。絶句してしまう。

郁太郎は弥五郎を無視して、ミツの肩に腕を回した。

「おミツ。切腹などを目にすれば腹の子に障る。お前は離れ座敷に行っていなさい。すぐに済むから」

ミツは「はい」と答える。けなげで可憐《かれん》な声音だ。愛に満ちた目で〝優しい郁太郎〟を見つめた。

弥五郎に対しては、このような〝女の顔〟を向けたことは一度もなかった。

水谷弥五郎はすべてを察した。

「そうか、お前が——」

ミツの腹の中の子の父親か。という言葉は声に出さずに飲みこんだ。それを質すことは自分にとってあまりに惨めだ。

ミツは静々《しずしず》と去り、郁太郎は後ろ手に襖を閉めた。ミツの姿は見えなくなる。

郁太郎はニヤニヤと嫌な笑みを浮かべた。

「さっさと腹を切れ。後のことはわしに任せておけばよい」

弥五郎は歯ぎしりした。

「最初から、わしの家を乗っ取る魂胆であったのだな！」

「そうだ。お主はおミツ殿を抱こうとせず、子をつくろうともせぬ。そのような男に水谷家を継がせたことが間違いだったのだ。親族一同、お前の男色癖には頭を抱えておる。殿も、ご重役様方も同じだ。お前は水谷一族にとっていらぬ男なのだ！」

「だからと申して、わしの妻に……！」

「殿もご承知のうえだ。その代わりに、我ら親族一同は、藩政の不首尾《ふしゅび》の罪をお主に負わせることに同意した。殿と水谷一族の取引なのだ」

「理不尽なり！」

「黙って腹を切れィ！」

弥五郎の視界がカッと赤く染まった。

我に返った時には、奥座敷は血の海、無惨に斬られた郁太郎が倒れ伏していた。

悲鳴が上がる。ミツが襖の隙間からこちらを見ていた。恐怖に身を震わせている。鬼を見るような目で弥五郎を見た。夫を見る目では断じてなかった。

「誰か来てッ、狼藉《ろうぜき》にございまするッ」

近隣の武家屋敷に向かって助けを呼ぶ。水谷弥五郎は襖を蹴破って庭に出て、塀を乗り越えて逃げだした。

「……かくして拙者は浪人に身を落とし、関八州《かんはっしゅう》を逃げ回ることとなったのでござる。それが十八年前。長い歳月が過ぎれば人相も変わり、また、当時のことを知る者も、多くは死に絶え、隠居をしたはずだと心得て、江戸に出てまいった。江戸には仕事がある。百万の人々が暮らしておる。田舎の宿場などに隠れておるよりも、かえって人目につかぬのでござるよ」

菊野が袖で涙を押さえている。

「水谷様にそのようなお辛い過去があったなんて……」

「松葉という娘はおミツの娘かもしれぬ。拙者が郁太郎を断ったことで、育てる者がいなくなって捨てられた……そう考えれば平仄《ひょうそく》が合う」

卯之吉が、この男にしては珍しく沈鬱な顔をしている。

「男の子であれば御家の跡取りとして大事に育てられるのでしょうが、娘様では、いかんともしがたいですからねぇ……」

女を愛せぬ男、家を継げぬ女の子に居場所はないのか。

菊野が憤慨して地団駄《じだんだ》を踏んだ。

「人が、その人らしく生きていくことが、そんなに難しいってのかい？　たったそれだけのことが、できない世の中なのかねぇ！」

皆は黙り込んだ。

「わしは娘のところに戻る」

弥五郎は松葉の寝かされている座敷に入っていく。

幸千代は夜空を見上げた。

「菊野、お前の言う通りだ。こんな世の中は、変えてゆかねばなるまい」

なにやら考え込む様子であった。その姿を菊野と卯之吉は無言で見守った。

銀八がやってきた。

「若旦那……、松葉さまが、たったいま、息を引き取られやした」

皆がハッとして顔を向ける。卯之吉はちいさく「うん」と頷いた。

＊

益積藩の江戸上屋敷で植竹将監が政務を執《と》っている。渋い表情で藩財政の帳簿を捲《めく》っていた。

そこへ秋山がやってきた。障子の敷居を隔てた廊下で平伏する。植竹はジロリと目を向けた。

「水谷めを、首尾よく仕留めたのか」

「そ、それが……思わぬ邪魔が入りまして……」

「仕留め損ねたと申すかッ」

「面目次第もございませぬッ。されど、水谷と繋ぎをつけあっていた別式女は仕留めましてござる。次こそは水谷めを必ず……！」

秋山は平身低頭、冷や汗をこってりと搾られてから下がっていった。

続いて別の侍が報告に来た。

「植竹様」

「次はなんじゃ！」

植竹は機嫌がすこぶる悪い。侍は深々と頭を下げて言上する。

「両替商の三国屋より、使いの者が文を届けに参りました」

手紙を差し出す。

「当家の借財についてのご返答を申し上げたい、ついては深川の料理茶屋までお越し願いたい、との口上にございます」

「ふん、料理茶屋にてわしを歓待して、利息の率を吊り上げようという魂胆じゃな。見え透いておるわ！……されど借金を申し入れたのはこちらじゃ。行かぬわけにもゆかぬのう」

「それでは、早速にもお駕籠を用意いたしまする」

「うむ」

植竹は億劫《おっくう》そうに腰を上げた。

＊

権門《けんもん》駕籠が夜道を進む。警固の武士と中間《ちゅうげん》の者たちの十数人を従えていた。

身分の高い殿様が乗る駕籠は〝乗物〟と呼ばれる。権門駕籠は乗物に乗れる身分ではない人物が使う駕籠だ。一見したところ殿様の乗物と見紛《みまご》うばかりの外見を装っている。見得《みえ》を張って偽装しているのだ。

植竹は権門駕籠を愛用している。逼迫《ひっぱく》した藩の財政を考えれば贅沢《ぜいたく》もいいところだが、顧みることはなかった。

大川を渡れば深川だ。江戸の中心部に比較すれば、寂しくて暗い場所であった。原野も広がっている。

植竹は駕籠の窓をちょっと開けると外を見た。

「ずいぶんと寂れた場所だが、本当にこの道で良いのか」

お付きの侍が答える。

「三国屋の書状には確かにそのように……。引き返しましょうか」

「かまわぬ。進め」

駕籠は暗い夜道を進み続けた。と、その時であった。暗がりの中から黒ずくめの男たちが二十人以上も飛びだしてきた。

「曲者《くせもの》だァ！　お駕籠を守れッ」

警固の侍たちが叫ぶ。中間たちは喚《わめ》き散らして逃げ惑った。

曲者たちが怒鳴りつけてくる。

「益積藩に関わりのねぇ者《もん》を斬るつもりはねぇ！　雇われた駕籠かきや中間どもは失《う》せやがれッ」

駕籠かきはその場に駕籠を下ろして逃げだした。中間たちも逃げていく。なんと、それに釣られて益積藩の武士たちまでもが、何人かが逃走した。

もちろん踏み止《とど》まって戦う武士もいる。駕籠を守って刀を抜いた。

曲者たちの頭目が叫ぶ。

「かまわねぇ、やっちまえ！」

曲者たちは手にしたこん棒で襲い掛かった。人数は二十人を超えている。益積藩の武士たちは刀で応戦するが、四方八方から殴られて、刀を叩き落とされた。為《な》す術《すべ》もなく殴られて昏倒《こんとう》していく。

「く、くそッ！」

秋山が恐怖で顔を引《ひ》き攣《つ》らせた。刀を振りかぶる。そこへこん棒が殺到した。

頭や顔を殴りつけられ、鳩尾《みぞおち》を強く突かれる。秋山は一声唸って倒れた。警固の武士たちは気を失い、あるいは逃げ散って、権門駕籠だけが取り残された。地べたでは投げ捨てられた提灯が燃えている。

一人の武士が闇の中から出現した。駕籠の前まで歩み寄ると、腰を屈めて蹲踞《そんきょ》した。駕籠の中に向かって声を掛ける。

「植竹将監殿、水谷弥五郎でござる」

駕籠の扉が内側から開けられた。老人の顔が見えた。

「……水谷か。今宵《こよい》の悪行、貴様の仕組んだことであったか！」

「こうでもせねば、あなた様との談判《だんぱん》は叶いませぬ。ご無礼の段、ひらにご容赦を願いまする」

「ふざけおって！　いまさらなにを訴えることがある！　十八年前に片がついておろう」

「拙者も、十八年前の件について恨みがましい文言を並べるつもりはござらぬ。ただひとつだけ、お聞きしたいことがござる」

「なんじゃ」

「拙者の子についてでござる」

「拙者の妻、ミツは、拙者が出奔《しゅっぽん》したおりに懐妊しておりました」

植竹は「ふんっ」と鼻を鳴らした。

「お前の子ではあるまい。お前の従兄弟、水谷郁太郎の子じゃ。お前が斬り殺した郁太郎の子だぞ」

水谷弥五郎は無視して話を進める。

「妻の腹中《ふくちゅう》にあった子は、その後いかに相成りましたでしょうか」

「無事に生まれた」

「男児でござったか、それとも娘でござったか」

「娘じゃ」

「娘……」

「お前のせいで母子ともに不幸であったぞ。お前は、水谷家を継ぐはずであった従兄弟を殺して逃げた。かくして水谷家は断絶じゃ、母も娘も行き場がなくなったのだ」

「そして、どうなり申したか」

「お前の子とは？」

「娘は、七つぐらいになるまで国許で生きておったが、流行りの熱病にかかって死んだ」

「国許で死んだ？　確かにござるか」

「墓もあるぞ」

松葉は、おミツの娘ではなかったということか。

水谷弥五郎は拳を握り締めた。堪《こら》えようもなく涙が溢れ出した。

植竹は呆れて見ている。

「なにが悲しい？　お前の子ではあるまいに。お前の妻を寝取った男の娘だ」

水谷は吠えた。

「我が子を殺されたかのように悲しゅうござるッ」

腰の刀を抜いた。いきなり、駕籠の中の植竹の胸を刺し貫いた。

「ぐわっ……！」

植竹は呻いた。カッと血を吐いた。

「すべては……御家を守るために図《はか》ったことじゃ……！」

最後までそう言い張って、もがき苦しみ、駕籠から外に転がり出た。地べたに顔を埋《うず》める姿で絶命した。

黒ずくめの曲者が寄ってくる。覆面を外した。荒海ノ三右衛門であった。

「水谷さん、長居は無用だ。ずらかりますぜ。さあ！」

茫然と立ちすくむ水谷弥五郎の腕を摑んだ。行列を襲った悪党たち――荒海一家は闇の中へと姿を消した。後には駕籠と、植竹の死体だけが残された。

七

卯之吉が深川の遊里にやってきた。建ち並んだ店には明かりが灯され、軒から下がった雪洞《ぼんぼり》も桃色の光を放っている。

十五夜だ。空には満月がかかっていた。夜道でも十分に明るい。こんな夜には月見と称して大勢の遊び人がやってくる。通りには遊客たちが大勢そぞろ歩いていた。

卯之吉は馴染《なじ》みの料理茶屋の二階座敷に入った。すぐに菊野もやってきた。店の主人も挨拶に顔を覗かせる。

卯之吉は菊野の酌を受けながら質した。

「どうですかね、近頃の深川の景気は」

すると菊野が袖で口元を押さえた。笑いをこらえている。

卯之吉は「おや？」と不思議そうな顔をした。

「あたしはなにか、おかしなことを訊いたかね」

「お祖父様《じいさま》に良く似てまいられましたね、と思ったんですよ。お座敷に座るなり景気の善し悪し《よあ》をおたずねになるなんて……」

祖父の三国屋徳右衛門は遊里でも商売の話しかしない。

これには卯之吉もグゥの音も出ず、苦笑して杯を口にするしかなかった。

店の主人が襖の向こうの廊下に正座している。挨拶に来たのだ。

「相変わらず景気は酷いものですよ。どこの店でも銭函《ぜにばこ》の底が透けて見えます」

店の銭函（レジのようなもの）には普通、客から受け取った金銭や、お釣りのための金銭がいっぱいに詰まっているものだ。

卯之吉は訊き返した。

「だけど表道には多くの人が歩いていたよね」

「冷やかしでございますよ」

「ふ〜ん。遊びたいから遊里に足を運んでくるのだろうに」

「銭の持ち合わせがないから店に上がれないのでございます。深川の景色だけを眺めて、家や田舎に帰るのでございます」

「可哀相《かわいそう》な話だねぇ」

「手前ども料理茶屋は、もっと可哀相でございますよ」

卯之吉は「よし！」と大きく頷いた。スラリと優雅に立ち上がる。

主人が「おおっ」と声を上げた。

「金撒《かねま》きでございますか」

「そうさ。せっかくの月夜だ。皆が座敷に上がれないのに、あたしたちだけ盛り上がるのも気がひける。第一つまらないよ。皆で楽しくやろうじゃないか」

銀八が銭函を担いでやってきた。その中には、小判はもとより、一分金《いちぶきん》や二朱《にしゅ》金《きん》などが無数に入っていた。

二階座敷の窓が大きく開け放たれた。芸者衆が得意の三味線や太鼓、鉦《かね》の音《ね》を響かせる。表道を冷やかしていた男たちが「何が始まったのか」と一斉に見上げてきた。

銀八がおどけた仕種で扇子を振るう。

「さぁさぁ皆様、本日はお月夜、深川八幡様のご祝儀にございます〜！」

卯之吉が金子をばらまく。急に空から大金が降ってきて、遊客《ゆうかく》たちは仰天した。

「なんでぇこりゃあ！」

銀八が答える。

「どうぞ皆様、その金で、存分に遊んでいってくださいませ！」

遊び人の一人が気づいた。

「金を撒いていなさるのは三国屋の若旦那だぜ！」

「あれが噂の福の神かい」

「ありがてぇ。本当にもらっちまっていいのかい」

建ち並ぶ料理茶屋の主人や仲居が道に出てくる。

「さぁどうぞお立ち寄りを！　評判の深川芸者が座敷で待っておりますよ！」

金を拾った男たちを誘う。男たちも顔を綻《ほころ》ばせて、

「それじゃあ寄らせてもらおうかい。派手にやっておくんなよ！」

などと拾った金を店の主人に手渡しながら暖簾をくぐった。

客が入った料理茶屋からは三味線や鉦、太鼓の音が響き始める。板場では料理人の包丁の音が聞こえだした。

深川中から笑い声が上がる。いちどきにして活気を取り戻したのだ。

卯之吉は二階座敷の窓から見ている。

「これで良かった。さぁ、あたしたちも始めよう」

金扇《きんせん》を開くと得意の踊りを舞いはじめた。

地べたに一分金が落ちている。水谷弥五郎が拾い上げた。

「生国《しょうごく》を追われ、藩の禄を離れ、浪人となった拙者は、何度自害をしようと思ったかわからぬ。恥にまみれ、明日への望みなど何もない。生きていたところで仕方がない。今宵こそ腹を切って死のう。そう心に決めた夜が何度もござった」

編笠で顔を隠した幸千代が黙って聞いている。

水谷は摘まんだ一分金を見つめた。

「死ぬのを思い止まったのは銭のお陰だ。『もう駄目だ、死のう』と思いきわめると、どういうわけでか、思いもかけぬ金が手に入る。すると不思議なものでござってな、『この金子さえあれば、明日の一日ぐらいは楽しく生きることができるだろう。金子を使い切るまでは生きていよう』などという心地になるのでござる」

水谷は卯之吉のいる二階座敷を見上げた。

「かの御仁《ごじん》の金撒きを、下品とも無粋《ぶすい》とも評し、こき下ろす者はいるでござろう。されどご覧なされ、この深川の賑わいを」

深川中から笑い声が響いてくる。

「貧しい者たちは皆、その日を生きるのに精一杯。出世も望めず、何十年かが過ぎれば老いて病んで死んでいく。それでも生きていたいと思うのは、銭に心を支えられているからでござる。銭さえあれば、明日は楽しい事がある。そう信じることができるから、皆、精一杯、生きるのでござる」

卯之吉はクルクルと踊っている。水谷弥五郎はかすかに微笑《ほほえ》んだ。

「かの男は金の験力《げんりき》をよく知っておる。金持ちが金を使えば世の中の景気が良くなり、貧しい者たちの大勢が助かることを知っておるのだ。さながら福の神。枯れ木に花を咲かせる福神にござるな」

江戸三座の芝居小屋。二階の桟敷席《さじきせき》に幸千代と水谷弥五郎が座っている。由利之丞が舞台に立って踊りを披露していた。

幸千代は背後の銀八を呼び寄せた。小声で質す。

「わしは芝居にはまったく疎《うと》い。……由利之丞の踊りは上手いのか？　わしの目にはずいぶんと拙《つたな》く見えるのだが」

「へい。ずいぶんと拙い芝居と踊りでございますでげす」

二人のやりとりは水谷弥五郎の耳にも届いた。水谷弥五郎は笑みを浮かべて由利之丞を見守っている。

「拙者は、信じた者たちに裏切られ、騙され、命を狙われて諸国を逃げ回り申した」

「身の上話か」

「いかにも。浪人となり、上州や信濃を流れ歩き、飯が欲しいあまりにヤクザの厄介《やっかい》になり、ヤクザに頼まれて人を斬った。人斬り浪人……。一人斬り、二人斬りしているうちに、人を斬ることをなんとも思わなくなり、何人を殺したのやら、思い出すこともできなくなる。左様、さながら飢えて彷徨《さまよ》う狼。人の心を失くした獣《けだもの》にござる。そんな中、フラリと江戸に出てきた拙者は、たまたま入った芝居小屋で、由利之丞の芝居を見たのでござる」

弥五郎はフッと頬を緩めた。

「まったく下手《へた》な役者でござってな……。無粋者の拙者の目で見てもはっきり下手だとわかり申した。だが由利之丞は、下手であっても懸命に舞台を務めておった。拙者は、その姿に惹かれ申した」

それが由利之丞との馴《な》れ初《そ》めであったらしい。

「由利之丞は、なんど舞台をしくじってもめげませぬ。いつかはおのれが江戸で高名な看板役者になると信じておる。拙者の目で見ても、それは無理ではあるまいか、と思うのだが、由利之丞はおのれを信じて疑わず、日々、懸命に頑張っておる。なんと立派な心掛けであることか」

水谷弥五郎は涙を流している。

「そんな由利之丞と一緒に過ごしておるうちに、拙者は人として大切なものを、人の心を、取り戻していったのでござる」

水谷は涙を拭った。

「由利之丞は、拙者の恩人でござる」

幸千代は頷いた。

「由利之丞は、いつかは本当の看板役者になるやもしれぬな。なぜならお前の心を、それほどまでに摑み、大きく揺さぶっておる」

「いかにも。拙者にとっては日本一の役者にござるよ」

踊りを終えた由利之丞が舞台の上で見得を張った。

すかさず銀八が、

「いよッ、由利之丞！　日本一！」

と大きな声を張り上げた。

この作品は双葉文庫のために書き下ろされました。

双葉文庫

は-20-24

大富豪同心《だいふごうどうしん》
昏《くら》き道行《みちゆ》き

2020年7月19日　第1刷発行
2024年1月22日　第2刷発行

【著者】
幡大介《ばんだいすけ》

【発行者】
箕浦克史
【発行所】
株式会社双葉社
〒162-8540 東京都新宿区東五軒町3番28号
［電話］03-5261-4818(営業部)　03-5261-4833(編集部)
www.futabasha.co.jp(双葉社の書籍・コミックが買えます)
【印刷所】
中央精版印刷株式会社
【製本所】
中央精版印刷株式会社

【フォーマット・デザイン】
日下潤一

ISBN978-4-575-67009-7 C0193
Printed in Japan

築山桂

禁書売り

緒方洪庵 浪華の事件帳〈新装版〉

長編時代小説

適塾を開き明治維新の立役者を数多く育てた緒方洪庵がまだ緒方章（あきら）だった若き頃。章は大坂の町で数々の難事件にでくわす。

築山桂

北前船始末

緒方洪庵 浪華の事件帳〈新装版〉

長編時代小説

四天王寺の由緒ある楽人であり、陰で大坂の町を守る男装の麗人、東儀左近。北前船が運んできた欲得尽くの奸計に左近と章が立ち向かう。

築山桂

遠き祈り

左近 浪華の事件帳〈新装版〉

長編時代小説

舞台化され人気を博した「緒方洪庵 浪華の事件帳」の姉妹編を熱いご要望にお応えして全二作復刻刊行！ シリーズ第1弾！

築山桂

闇の射手

左近 浪華の事件帳〈新装版〉

長編時代小説

大坂の町を陰で守り続けてきた〈在天別流〉の姫、強く美しい東儀左近の活躍譚第2弾！ 難事件と重大事実を前に、左近の心は揺れる。

築山桂

影の泣く声

左近 浪華の事件帳

長編時代小説〈書き下ろし〉

四天王寺で左近は見知らぬ女性にすがりつかれる。大坂の守り神として、息子を轢き殺された無念を晴らしてほしいと。シリーズ第3弾！

築山桂

眠れる名刀

左近 浪華の事件帳

長編時代小説〈書き下ろし〉

名刀「小竜景光」が奪われ、持ち主の庄屋は惨殺された。大坂を守る〈在天別流〉の姫・左近が賊を追う。快刀乱麻のシリーズ第4弾！

築山桂

夏しぐれ

家請人克次事件帖〈新装版〉

長編時代小説

江戸の困窮者を助ける庶民のヒーロー、それが家請人。住み処を確保できない訳ありの者たちを信じて保証する。傑作が新装版で登場！